U0468867

李清照词选

典藏版

LI QINGZHAO CIXUAN

徐北文 评注

济南出版社

图书在版编目（CIP）数据

李清照词选：典藏版 / 徐北文评注. -- 济南：济南出版社，2024.8. -- ISBN 978-7-5488-6698-5

Ⅰ.I222.844

中国国家版本馆 CIP 数据核字第 2024W1H958 号

李清照词选（典藏版）
LIQINGZHAO CIXUAN DIANCANGBAN

徐北文　评注

出 版 人　谢金岭
责任编辑　董傲囡　范玉峰　尹海洋
责任校对　李欣雨
特约编辑　范洪杰
装帧设计　胡大伟

出版发行　济南出版社
地　　址　山东省济南市二环南路1号（250002）
总 编 室　0531-86131715
印　　刷　山东联志智能印刷有限公司
版　　次　2024 年 8 月第 1 版
印　　次　2024 年 8 月第 1 次印刷
开　　本　170mm×230mm　16 开
印　　张　15
字　　数　130 千字
书　　号　ISBN 978-7-5488-6698-5
定　　价　128.00 元

如有印装质量问题　请与出版社出版部联系调换
电话：0531-86131736

版权所有　盗版必究

序

济南二安，词中龙凤。

易安李清照，巾帼词人的翘楚。南宋王灼就说，李清照"自少年便有诗名，才力华赡，逼近前辈，在士大夫中已不多得。若本朝妇人，当推词采第一"。明代状元词人杨慎也赞许："宋人中填词，李易安亦称冠绝。"晚清词论家陈廷焯亦极力颂扬："李易安词，风神气格，冠绝一时！"李清照是中国文学史、文化史上知名度最高、美誉度最大的杰出女作家，其词精美绝伦，千古传诵。

幼安辛弃疾，男性词人的王者。古人服膺他的仙才、霸才，纷纷称扬其词是"龙腾虎掷"，"胸有万卷，笔无点尘，激昂排宕，不可一世"。辛弃疾本是英雄虎胆，初心是驰骋疆场，建立不世功勋，完成祖国统一的使命，因时代错位，无法实现自己的人生理想，于是以英雄特有的才情豪气，转而用笔在词坛开疆拓土，成就一代伟业。其词壮怀激烈，雄深雅健，自开一派，成为中国文学史上影响力最大的杰出词人。他与苏轼并称为"苏辛"，但在词史上的影响力却大于苏轼，雄居宋代"十大词人"之首。

徐北文、辛更儒二先生，词学界气韵沉雄的幽燕老将。北文先生诗词创作与学术研究并擅，兼工书画，生前曾任济南市文学学会会长和山东省古典文学学会副会长，覃思精研李清照，曾出版《李清照全集评注》。辛更儒先生毕生研治辛弃疾，造诣精深，著述宏富，其《辛弃疾集编年笺注》集辛词笺注之大成。

济南出版社约请徐、辛二老评注济南双雄二安之词集，可谓得人。通览全书，我认为它有三个特点，第一：其评注，有如庖丁解牛，得心应手，洞察幽微，切中肯綮；第二，其配图，选择考究，与诗文配合，相映成趣，更增声色；其三，用纸和装帧，十分用心，设计精巧，执掌手中，堪称收藏佳品。

总之，这是近些年来，不可多得的二安诗词读本，读者细心品读，自是悠然心会，妙趣横生。

王兆鹏

中国李清照辛弃疾学会会长

目　录

如梦令·常记溪亭日暮　001

如梦令·昨夜雨疏风骤　005

点绛唇·寂寞深闺　009

点绛唇·蹴罢秋千　013

浣溪沙·莫许杯深琥珀浓　017

鹧鸪天·枝上流莺和泪闻　021

浣溪沙·小院闲窗春色深　025

浣溪沙·淡荡春光寒食天　029

浣溪沙·绣面芙蓉一笑开　033

瑞鹧鸪·风韵雍容未甚都　037

菩萨蛮·风柔日薄春犹早　041

菩萨蛮·归鸿声断残云碧　047

鹧鸪天·暗淡轻黄体性柔　051

好事近·风定落花深　055

摊破浣溪沙·揉破黄金万点轻　059

新荷叶·薄露初零　064

忆秦娥·临高阁　069

摊破浣溪沙·病起萧萧两鬓华　073

添字采桑子·窗前谁种芭蕉树　077

鹧鸪天·寒日萧萧上琐窗　081

武陵春·风住尘香花已尽　085

南歌子·天上星河转　089

醉花阴·薄雾浓云愁永昼　093

怨王孙·帝里春晚　097

怨王孙·湖上风来波浩渺　101

玉楼春·红酥肯放琼苞碎　105

诉衷情·夜来沉醉卸妆迟　109

临江仙·庭院深深深几许　113

清平乐·年年雪里　117

蝶恋花·泪湿罗衣脂粉满　121

蝶恋花·暖雨晴风初破冻　125

蝶恋花·永夜厌厌欢意少　131

一剪梅·红藕香残玉簟秋　135

渔家傲·雪里已知春信至　141

渔家傲・天接云涛连晓雾　145

减字木兰花・卖花担上　149

行香子・草际鸣蛩　153

孤雁儿・藤床纸帐朝眠起　158

凤凰台上忆吹箫・香冷金猊　163

小重山・春到长门春草青　168

声声慢・寻寻觅觅　174

庆清朝慢・禁幄低张　178

永遇乐・落日熔金　183

多丽・小楼寒　188

满庭芳・小阁藏春　194

念奴娇・萧条庭院　200

怨王孙・梦断漏悄　206

长寿乐・微寒应候　211

浪淘沙・帘外五更风　216

殢人娇・玉瘦香浓　220

浣溪沙・髻子伤春慵更梳　225

青玉案・一年春事都来几　229

004　李　清　照　词　选

清　谢荪　《荷花图》

如梦令

常记溪亭日暮,
①
沉醉不知归路。
②
兴尽晚回舟,
误入藕花深处。
③
争渡,争渡,
④
惊起一滩鸥鹭。
⑤

① 常:恒久,常常。"常记"以下,全是作者的回忆。溪亭:一说是泛指溪边之亭;一说可能是专名——宋时济南确有"溪亭"的地名。
② 沉醉:大醉。
③ 藕花:即荷花。《尔雅·释草》:"荷,芙渠,其实莲,其根藕。"按藕为莲的地下茎,古误以为根。
④ 争渡:"争"同"怎","争渡"即怎么渡过去。
⑤ 鸥鹭:鸥和鹭都是水鸟。鸥:游禽类,常随潮而翔,迎浪蔽日。在海者名海鸥,在江者名江鸥。鹭:又名白鹭,通称鹭鸶,涉禽类,栖沼泽中。

点　评　通篇用白描手法,清丽可诵。

古代济南城郊溪流湖泊甚多,清末《老残游记》所记,较宋明时之水势亦大为减少,但犹以"家家泉水"称。北宋末刘豫开小清河疏浚济南积水之前,其水之丰盛当更胜于明朝。清照写此词的背景亦与济南当日之风光十分相合。其醉后手自操船,误入荷花深处,晕晕乎乎地发出"争渡、争渡"的疑问,这也是宋明时代的济南女子生活中的常事。

此词若说反映了济南本地的风光,似非附会之论。

赏 析

今·王璠：词中用了日暮、溪亭、藕花、鸥鹭等词儿勾勒出一幅五彩斑斓的荷湖日暮图，又用回舟、误入、争渡、惊起等动作，在这幅画面中渲染迷离动荡的愉悦而迫蹙氛围，把景、物、人、情融会为一，唤起读者美好的想象，从而创造出一种耐人寻味的意境。语言浅近，清新隽永，是一首绝妙好词。(《李清照研究丛稿·女性情怀词人襟抱》)

今·薛祥生：这是一首绝妙的大自然的赞歌。……寥寥几笔，便勾勒出一幅荡舟晚游图，热情洋溢地赞美了大自然的绚丽多姿，抒发了作者热爱自然的浓厚情趣，具有唤起人们追求自然美的巨大作用。(《李清照词的审美价值》)

今·徐北文：在这首小令里，作者运用浅淡自然、朴实无华的语言，创造了耐人寻味的优美意境，正是"其淡语皆有味，浅语皆有致"。宋·张端义评易安词时云："皆以寻常语言度入音律，炼句精巧则易，平淡入调者难"。(《贵耳集》)易安匠心独运，特别善于创造这种平淡而绝妙的境界。这应该是李清照词作的重要特色。

清　恽寿平　《秋海棠图》

如梦令

昨夜雨疏风骤①,

浓睡不消残酒。

试问卷帘人②,

却道海棠依旧。

知否、知否?

应是绿肥红瘦③。

① 雨疏风骤:雨点稀落,风势迅猛。
② 卷帘人:指正在卷帘的侍女。
③ 绿肥红瘦:谓花木经雨后,叶片肥大,衬得花朵反而显小了。

点　评　本篇的"绿肥红瘦"的创意造语,宋代以来一直被评家称赞。尤以清代神韵派大师王士禛说出了它的特点:"前辈谓史梅溪之句法,吴梦窗之字面,固是确论。尤须雕组而不失天然,如'绿肥红瘦''宠柳娇花',人工天巧,可称绝唱。"(《花草蒙拾》)"绿肥红瘦"正是人工天巧的统一,不温不火,恰到好处。

当然,清照并非简单承袭,而是另创造了一个新的意境,尤其是语言和形象,是未经人道的创新。

赏　析　宋·陈郁：李易安工造语，《如梦令》"绿肥红瘦"之句，天下称之。(《藏一话腴》)

明·茅暎：易安，我之知己也。今世少解人，自当远与易安作朋。(《词的》)

清·王士禛：前辈谓史梅溪之句法，吴梦窗之字面，因是确论，尤须雕组而不失天然。如"绿肥红瘦""宠柳娇花"，人工天巧，可称绝唱。(《花草蒙拾》)

今·唐圭璋：此词与诗(孟浩然《春晓》)所写，一样浓睡初醒，一样回忆夜来风雨，一样关心小园花朵，二人时代虽不同，诗与词之体格虽不同，朴素与凝练之表现手法虽不同，但二人爱花心灵之美则完全一致，宜乎并垂不朽云。(《词学论丛·读李清照词札记》)

明 唐寅 《班姬团扇图》

点绛唇

寂寞深闺，①
柔肠一寸愁千缕。②
惜春春去，
几点催花雨。③

倚遍阑干，
只是无情绪。④
人何处，
连天芳草，⑤
望断归来路。⑥

① 闺：内室，后特指女子的卧室。
② 晏殊《木兰花》："无情不似多情苦，一寸还成千万缕。"李清照此句似渊源晏殊之句。
③ 催花雨：本指春雨，这里是指催花凋落的雨。
④ 无情绪：心情抑郁惆怅。宋陈梅庄《述怀》诗："黄鹂知我无情绪，飞过花梢禁不声。"
⑤ 芳草：西汉淮南小山《楚辞·招隐士》："王孙游兮不归，春草生兮萋萋。"后人因此，以芳草作怀人之典。
⑥ 望断：向远处看曰望，望断是说极目远望，直至不见。韦庄《木兰花》词："独上小楼春欲暮，望断玉关芳草路。"

点　评　此词写女主人深闺愁浓,哀叹春光归去,盼望心上人归来。当属李清照年轻时的词作。全篇语言生动,表情婉转动人。"柔肠一寸愁千缕",从"断肠""愁肠寸断""柔肠百结"等成语中脱化出来,足见慧心。

赏析 明·茅暎：易安往矣，不可复得。每作词时，为酹一杯酒。(《词的》)

明·黄河清：夫词体纤弱，壮夫不为。独惜篇什寂寥，彼歌《金缕》、唱《柳枝》者，其声宛转易穷耳。所刻《续集》中如李后主之《秋闺》，李易安之《闺思》，晏叔原之《春景》……以此数阕，授一小青蛾，拨银筝，倚绿窗，作曼声，则绕梁遏云，亦足令多情人魂销也。(《草堂诗余续集》)

明·陆云龙：泪尽个中。(《词菁》)

清·陈廷焯：情词并胜，神韵悠然。(《云韶集》)

今·徐北文：此词构思别致。旖旎的春天归去了，意味着不可多得的青春年华的流逝。明媚的春光、宝贵的年华不能与爱人同度，韶光不再，痛惜低徊，佳人未归，抑郁怅。熔"惜春""伤离"于一炉。因"惜春"倍"伤离"，因"伤离"益"惜春"。相辅相成，相得益彰。

清　焦秉贞　《仕女图册·柳院秋千》

点绛唇

蹴罢秋千,①

起来慵整纤纤手。②

露浓花瘦,

薄汗轻衣透。

见客入来,

袜刬金钗溜。③④

和羞走,⑤

倚门回首,

却把青梅嗅。⑥

① 蹴:踢。荡秋千时,人立横板上,必须用双足使力往前后推送,故称"蹴"。宋郑奎妻孙氏《春词》:"秋千蹴罢鬓鬖髿。"
② 纤纤:细长柔美之貌。《文选·古诗十九首》之二:"娥娥红粉妆,纤纤出素手。"又十:"纤纤濯素手,札札弄机杼。"
③ 袜刬(chǎn):未穿鞋,穿袜履地行走曰"刬袜"。南唐李煜《菩萨蛮》词:"刬袜步香阶,手提金缕鞋。"宋秦观《河传》词:"鬓云松,罗袜刬。"
④ 溜:滑去之意。南唐李煜《浣溪沙》词:"佳人舞点金钗溜,酒恶时拈花蕊嗅。"
⑤ 和羞走:带着害羞的神情躲避客人。
⑥ 青梅:即梅子,是说梅子之青者。唐李白《长干行》诗:"郎骑竹马来,绕床弄青梅。"

点　评　一个少女,在梅子将熟的春天里,于户外打秋千刚罢,感到有些累,连手也懒得擦,而且"薄汗轻衣透",好似"露浓花瘦",生发着一种富有活力的青春气息。恰逢客来,使少女意外惊动。她已懂得了害羞,连鞋也来不及穿,金钗歪斜了也来不及整理,向屋门走(相当于现代汉语的"跑")去。然而好奇心又驱使她"倚门回首",但又不好意思公然观看,故而把一颗青梅遮在面前作嗅香状来掩饰。

作者撷取的这个场面颇为生动,活画出一个天真活泼的青春少女在特定情景下的动作,那身份好像是个小家碧玉,却显得很可爱。

赏　析　明·沈际飞：片时意态，淫夷万变。美人则然，纸上何遽能尔。(《草堂诗余续集》)

明·潘游龙等："和羞走"下，如画。(《古今诗余醉》)

今·马兴荣：有人大约就是以封建社会的深闺少女总是遵守"礼"的、温顺的、循规蹈矩的、羞答答的这个尺度来衡量李清照《点绛唇》这首词，所以怀疑它不像大家闺秀李清照的作品。我想，追求自由的李清照假如地下有知的话，她是会笑这些人未免太封建了。

近代 钱松嵒 《云山苍江》

浣溪沙

莫许杯深琥珀浓,
①　　②

未成沉醉意先融,

疏钟已应晚来风。
③

瑞脑香消魂梦断,
④

辟寒金小髻鬟松,
⑤

醒时空对烛花红。
⑥

① 莫许：不要。
② 琥珀：松柏树脂的化石，呈黄褐色或红褐色，燃烧时有香气。琥珀浓是指酒的颜色很浓、色如琥珀。唐李白《客中作》诗："兰陵美酒郁金香，玉碗盛来琥珀光。"
③ 疏钟：疏、稀，形容钟声断断续续。唐王维《秋夜对雨》诗："寒灯坐高馆，秋雨闻疏钟。"
④ 瑞脑：熏香名，即龙脑香。
⑤ 辟寒金：代指珍贵之金。词中所说的"辟寒金小"实际是说"金钗小"。髻鬟：发髻。唐孟浩然《王家少妇》诗："妆为桃李春，髻鬟低舞席。"
⑥ 烛花：烛焰，也作"烛华"。唐杜甫《官亭夕坐戏简颜十少府》诗："不返青丝鞚，虚烧夜烛花。"今天也把烛心结为穗形叫烛花。

点　评　酒酣而意先陶醉,风刚来即晚钟随。而此时此刻,主人则小睡方觉,梦魂初醒,云鬟蓬松,独对烛花空爆而已。俗云:"烛花爆,喜事到。"此吉兆正与主人孤寂之境相反,更增加悲凉气氛。以景融情,不言悲而更悲。

赏 析　今·王璠：这也是一首记梦的词,写的是离别相思之情。不过它没有从正面去描写愁和恨,却用全力刻画人物内心活动。通过梦前梦后的对比,把少妇沉重的愁苦情思从侧面烘托出来。(《李清照研究丛稿·李清照两首记梦的〈浣溪沙〉》)

今·徐北文：此词写得幽约委婉,全词是写相思的,却不着相思一字,具有婉约词的艺术特色。"未成沈醉意先融",隐约地告诉读者,她愁思悱恻,愁什么,但没有告诉我们;"魂梦断",正是白天晚上所愁,梦中所见,欣喜惊梦,梦见什么,没有说;"空对烛花红",透露出她对心上人的思念,表现闺房独守的孤凄。

明 唐寅 《红叶题诗仕女图》

鹧鸪天

枝上流莺和泪闻,

新啼痕间旧啼痕。

一春鱼雁无消息,
①
千里关山劳梦魂。

无一语,

对芳樽,
②
安排肠断到黄昏。
③
甫能炙得灯儿了,
④
雨打梨花深闭门。

① 鱼雁:指书信。汉乐府《饮马长城窟行之一》:"客从远方来,遗我双鲤鱼。呼儿烹鲤鱼,中有尺素书。"《汉书·苏武传》:"天子射上林中,得雁,足有系帛书,言武等在某泽中。"故后来鱼、雁成为书信的代称。
② 芳樽:散发醇香的酒杯。
③ 安排:听任。
④ 甫能:方才。辛弃疾《杏花天》:"甫能得见茶瓯面,却早安排肠断。"炙得灯儿了:犹言将油熬尽。

点　评　此词写女主人对心上人的相思之情,若为易安所作,当是她年轻时作品。有人认为这首词作者有疑。王仲闻《校注》云:"汲古阁未刻词本《漱玉词》收此二词(《鹧鸪天·枝上流莺和泪闻》《青玉案·一年春事都来几》)虽未知所本,但此二首既非秦、欧之作,实应存疑,不宜遽从《漱玉词》中删去。"

赏　析　宋·杨湜：此词形容愁怨之意最工。如后叠"甫能炙得灯儿了，雨打梨花深闭门"，颇有言外之意。(赵万里《校辑古今词话》)

明·李攀龙：(眉批)新痕间旧痕，一字一血。结两句有言外无限深意。(评语)形容闺中愁怨，如少妇自吐肝胆语。(《草堂诗余隽》)

清·沈祥龙：词虽浓丽而不乏趣味者，以其但知作情景两分语，不知作景中有情，情中有景语耳。"雨打梨花深闭门""落红万点愁如海"，皆情景双绘，故称好句，而趣味无穷。(《论词随笔》)

024　李　　清　　照　　词　　选

清　邹一桂　《梨花夜月图》

浣溪沙

小院闲窗春色深,
重帘未卷影沉沉,
倚楼无语理瑶琴。

远岫出云催薄暮,
细风吹雨弄轻阴,
梨花欲谢恐难禁。

① 闲:安闲,安静。
② 沉沉:深沉貌,谓室内幽暗,黑影浓重。唐杜甫《醉时歌》诗:"清夜沉沉动春酌,灯前细雨檐花落。"
③ 理:弹奏。瑶琴:有玉饰的琴。瑶,美玉。古典诗词中出现"玉琴""瑶琴"等,并不是真以玉装饰,实际就是指琴面已。
④ 岫(xiù):《尔雅·释山》:"山洞。"远岫出云,源于晋陶渊明《归去来辞》:"云无心以出岫,鸟倦飞而知还。"后远岫用以指远山。薄暮:接近日落,傍晚。
⑤ 轻阴:一点点、薄薄的阴云。唐韩愈《同张水部籍游曲江寄二十二舍人》诗:"漠漠轻阴晚自开,青春白日映楼台。"

点　评　春日独居,只好与瑶琴对话。上片写闺房幽静,春色已深。下片"云出岫""风吹雨"虽字面点明"薄暮""弄阴",感叹韶光易逝,但"非风动也,非云动也,诗人心动也。"

末句点出"梨花易谢",大有"美人迟暮"之感。

赏　析　明·杨慎：景语，丽语。(《草堂诗余》)

明·李攀龙：(眉批)分明是闺中愁、宫中怨情景。(评语)少妇深情，却被周君浅浅勘破。(《草堂诗余隽》)按：李攀龙误将易安此词收为周邦彦词，故有"周君"之评。

明·董其昌：写出闺妇心情，在此数语。(《便读草堂诗余》)

明·沈际飞：雅练。"欲谢""难禁"，谈语中致语。(《草堂诗余正集》)

今·徐北文：此词从内容上看，当是李清照前期的作品。作者用情景交融的艺术手法，含蓄蕴藉的笔致，写出了女主人伤春怀人的怅惘心绪。上片写春色已深，女主人用弹琴来排遣离愁，表现对丈夫的思念之情；下片写一个风雨的黄昏，女主人看到梨花将谢，油然而生伤春的思绪。

清 陈枚 《山水楼阁图册》

浣溪沙

淡荡春光寒食天,

玉炉沉水袅残烟,

梦回山枕隐花钿。

海燕未来人斗草,

江梅已过柳生绵,

黄昏疏雨湿秋千。

① 淡荡:即澹荡,指春风轻拂,天气和煦。宋吕本中《菩萨蛮》:"高楼只在斜阳里,春风淡荡人声喜。"
② 寒食:节令名。
③ 玉炉:玉制的香炉,或白瓷制成,洁白如玉,亦可称"玉炉"。玉,也可解为美称。沉水:也叫沉香,香料名。
④ 山枕:山形的枕头。隐:倚。花钿:一种嵌金花的首饰。唐鱼玄机《折杨柳》诗:"朝朝送别泣花铜,折尽春风杨柳烟。"
⑤ 海燕:指每年从海上飞来在梁檐筑巢的燕子。
⑥ 斗草:古代年轻妇女儿童以草赌输赢的一种游戏。
⑦ 江梅:宋范成大《范村梅谱》以为是遗核野生、未经栽接者。此处则指宅院中的梅花。宋王安石《江梅》:"江南岁尽风雪寒,也有江梅漏泄春。"

点　评　作者通过对寒食天景物及人物活动的描写，表现她郊野斗草的喜悦和惜春的淡淡轻愁。此词简笔勾勒，不事雕琢，不着颜色。格调清新，用语通俗。当属易安早期词作。

赏　析

今·王璠：这词构思奇突，语言凝练。有时令的描述，写天气由晴朗转阴沉；有人物的刻画，写心情娇慵转憨直。浑然无间，融为一体。黄了翁评"黄昏疏雨湿秋千"句，说："可与'丝雨湿流光''波底夕阳红湿''湿'字争胜"（《蓼园词选》)，那就未免识其小而遗其大了。(《李清照研究丛稿·李清照两首记梦的〈浣溪沙〉》)

今·徐北文：此词格调清新，用语通俗，作者并非精心雕琢，刻意求工，似乎信手拈得。清·沈谦《填词杂说》云："男中李后主，女中李易安，极是当行本色……铲尽浮词，直抒本色，而浅人常以雕绘傲之。此等词极难作。"可见此词来之不易。孙麟趾云："用意须出人意外，出句如在人口头，便是佳作。"说得很有道理。

宋　佚名　《古代花鸟长卷》（局部）

浣溪沙

绣面芙蓉一笑开,
①
斜飞宝鸭衬香腮,
② ③
眼波才动被人猜。
④

一面风情深有韵,
⑤
半笺娇恨寄幽怀,
⑥
月移花影约重来。

① 绣面:唐宋时代妇女面颊额处贴装饰图案,即《木兰辞》之"对镜贴花黄"。芙蓉:荷花的别名。词中是指人面像芙蓉一样好看。
② 宝鸭:指两颊所贴鸦形图饰。或指钗头为鸭形的宝钗。
③ 香腮:对女子面颊的美称。宋陈师道《菩萨蛮》词:"玉腕枕香腮,荷花藕上开。"
④ 眼波:眼光,比喻目光似流动的水波。宋黄庭坚《浣溪沙》词:"新妇矶边眉黛愁,女儿浦口眼波秋。"
⑤ 一面:整个脸上。风情:男女相爱之情。
⑥ 笺:小幅面华贵的纸张。古代用以题咏或写书信,故信札也叫"笺"。

点　评　此词当是易安早期作品。写一位风韵韶秀的女子与心上人幽会，又写信相约其再会的情景。人物的肖像描写采用了比拟、衬托、侧面描写的方法，语畅情流，神采飞扬，独具特色。唐代白居易《长恨歌》有"芙蓉如面柳如眉"句，这是一种比拟，把漂亮女子的"一笑"，比作荷花开绽那么美。"一笑开"，也颇有《长恨歌》里"回头一笑百媚生"的意味。"眼波才动被人猜"，女主人那含情脉脉的明眸，是她心灵的镜子，刚刚转动，就被人窥测到她的心意，体会细腻，表现精致，栩栩灵动如生。

赏　析　明·赵世杰等：(眉批)摹写娇态,曲尽如画。("眼波才动"句旁批)更入趣。(《古今女史》)

清·沈谦："唤起两眸清炯炯""闲里觑人毒""眼波才动被人猜""更无言语空相觑",传神阿堵,已无剩美。(《填词杂说》)

今·傅庚生：吴子律《莲子居词话》云："易安'眼波才动被人猜',矜持得妙；淑真'娇痴不怕人猜',放诞得妙；均善于言情。"言情之所以善,亦各从其环境所触发之性灵耳。易安归湖州守赵明诚,文苑双镳,深闺绣闼,辄不免工愁善媚,有似水柔情；故绮情结于矜持之态。淑真所嫁非偶,市井之民家,粗俗无堪共语者,言出率性,辄凭气于刚骨,故慧心发为放诞之词。(《中国文学欣赏举隅》)

宋　佚名　《云山楼阁图》

瑞鹧鸪

风韵雍容未甚都，
① ②
尊前甘橘可为奴。
③
谁怜流落江湖上，
玉骨冰肌未肯枯。
④

谁教并蒂连枝摘，
醉后明皇倚太真。
⑤
居士擘开真有意，
⑥
要吟风味两家新。
⑦

① 雍容：从容而有威仪。
② 都：《诗经》："洵美且都"，是闲雅、美的意思。
③ 尊前甘橘可为奴：相传三国时李衡生前遣人在外植橘千株，临死对儿说："吾州里有千头木奴，不责汝衣食。"儿以白母，母云："此当是种甘橘也。"清照借此典面戏问所咏之物：你既然"未甚都"，与你同在酒杯前的甘橘怎可称为奴呢？
④ 玉骨冰肌：上阕所咏之物，既在尊前与橘共置，盖为佐酒食品，且"流落江湖"，又"玉骨冰肌"，更"未甚都"，似为水产品。
⑤ 醉后明皇倚太真：明皇，唐玄宗李隆基。太真，杨贵妃别号。
⑥ 居士：信佛教而未出家者，称为居士。此处乃清照自称，她别号为易安居士。擘开真有意：古乐府民歌，多以谐音喻义，如以"莲"为"怜"，以"蘖"谐"悲"等。
⑦ 新：谐音"心"，并蒂连理之"心"。

点　评　此词《花草粹编》署题为《双银杏》,而词句又与《瑞鹧鸪》不类。盖原为两首七言绝句,详词意为咏某种果品所作,被《花草粹编》妄题为《双银杏》。

词中擘开并蒂莲,一般眼光则以为如"焚琴煮鹤"大煞风景,而清照不特为之而不讳,且云:"要吟风味两家新",其中的寓意,虽不知是否与她的遭遇有关,然亦有颇可属意者在。

赏　析　今·徐北文：清照此词，不近前后押两韵部，其中间四句，即不对仗，而且上下阕衔接处，亦不粘连，明为两首绝句。有人据此怀疑非清照作品，则证据不足。盖本为两首绝句，误抄一起。下阕多涉莲荷，如并蒂（莲）、薏等，与银杏无涉，此种擘开并蒂莲，一般眼光则以为如"焚琴煮鹤"——大煞风景，二清照不特为之而不讳，且云："要吟风气两家新"，其寓意云何，虽是否与其遭遇有关而不得知，然亦有颇可属意者在。

清　钱维城　《梅茶水仙轴》

菩萨蛮

风柔日薄春犹早,
①
夹衫乍著心情好。
②
睡起觉微寒,
梅花鬓上残。
③

故乡何处是?
忘了除非醉。
沉水卧时烧,
④
香消酒未消。

① 日薄:此指日光淡薄。宋陈人杰《沁园春》词:"日薄风狞,万里空江,隐隐有声。"一本作"日暮"。
② 乍著:刚刚穿上。
③ 梅花:指梅花妆。相传南朝宋武帝女寿阳公主,人日(农历正月初七)卧于含章殿檐下,梅花落于公主额上,成五出之花,拂之不去,自后有梅花妆。此句词是说睡起后妆已残。
④ 沉水:熏香名,即沉香,瑞香科植物,其木置水则沉,故名。《太平御览》引《南州异物志》:"沉水香出日南,欲取,当先斫坏树着地。积久,外皮朽烂。其心至坚者,置水则沉,名沉香。"

点　评　以生动的口语式的语言纳入既定的词谱之中,仍是流畅自如。早春夹衫乍换时的感觉,以简练的语言脱口而出,体现细致。"故乡何处是,忘了除非醉"乃人人意中事,以十个字就说得如此透彻明白,是语言大师的手笔。

赏　析　清·况周颐：俞仲茅云：赵忠简《满江红》"欲待忘忧除是酒",与易安"忘了除非醉"意同。下句"奈酒行有尽愁无极",微嫌说尽,岂如"沉水卧时烧,香消酒未消",亦宕开,亦束住,何等蕴藉。易安自是专家,忠简不以词重云尔。(《漱玉词笺》)

今·俞平伯：上片措语轻淡,意思和平。下片说故乡之愁,一时半刻也丢不开,除非醉了。又说,就寝时焚香,到香消了酒还未醒。醉深即愁重也。意极沉痛,笔致却不觉其重,与前片轻灵的风格相一致。(《唐宋词选释》)

宋 刘松年 《青绿山水长卷》（局部）

045

清　恽寿平　《湖山春暖图》(局部)

菩萨蛮

归鸿声断残云碧,①

背窗雪落炉烟直。②

烛底凤钗明,③

钗头人胜轻。④

角声催晓漏。⑤⑥

曙色回牛斗。⑦

春意看花难,

西风留旧寒。

① 归鸿:鸿,大雁。《诗经·小雅·鸿雁》:"鸿雁于飞,肃肃其羽。"归鸿,是指春天北归的大雁。
② 背窗:背后的窗子。唐温庭筠《菩萨蛮》词:"相忆梦难成,背窗灯半明。"背,亦指北面的窗户。《诗经·卫风·伯兮》:"焉得谖草,言树之背。"
③ 凤钗:凤凰钗,钗头做成凤凰的形状。唐牛峤《应天长》词:"凤钗低赴节。"
④ 人胜:古代风俗,阴历正月初七称为人日,是日剪彩为人形,故名"人胜"。"人胜"是古代妇女在人日所戴的首饰。
⑤ 角:古代的一种乐器,出于西北地区游牧民族,后多作军号。
⑥ 漏:古计时器。
⑦ 牛斗:指二十八宿中的牛宿(属摩羯座)和斗宿(属人马座)。在本词中,"回牛斗"为时光流逝,即"斗转星移"之意。

点　评　此词当为李清照南渡后的作品。上片写黄昏后的室内外景象，及永夜思念家乡的情景；下片写拂晓室内外景象和女主人难以看到梅花的惆怅。全词不着"愁""恨""思""念""故乡"一字，却把绵绵的乡国之愁蕴于艺术形象之中，有"不著一字尽得风流"之妙。不加雕饰，形象鲜明，表现人物心情起伏，意在言外，刻画入微。

赏　析　今·王璠：周辉所记每值大雪，顶笠披蓑，循城远览以寻诗，在建康日也只能是建炎二年冬或三年春这个短暂的时间内才有可能。所以词中所写种种，就是她踏雪寻诗前的准备工作，那是可以肯定的。(《李清照研究丛稿·对李清照两首〈菩萨蛮〉的理解》)

明 吕纪 《桂菊山禽图》

鹧鸪天

暗淡轻黄体性柔,

情疏迹远只香留。
①

何须浅碧深红色,

自是花中第一流。
②

梅定妒,

菊应羞,

画栏开处冠中秋。
③

骚人可煞无情思,
④　⑤　　⑥

何事当年不见收?
⑦

① 情疏迹远：指桂花的情态是性情疏单、遁迹山林的隐者。
② 二句是说，无须用浅绿或大红的色相去招摇炫弄，它本来就是花中的第一流。
③ "画栏"句：化用李贺《金铜仙人辞汉歌》的"画栏桂树悬秋香"之句意，谓桂花为中秋时节首屈一指的花木。
④ 骚人：诗人。屈原著《离骚》，后多以骚人代指诗人。
⑤ 可煞：疑问词，犹可是。
⑥ 情思：情意。
⑦ 何事：为何。此二句意谓《离骚》多载花木名称而未提及桂花。

点　评　此词是咏桂花的。作者赞扬桂花"自是花中第一流",不仅是因为它的美丽,而且是因为它长存浓烈的芳香,这反映了她的审美观。上片采用直接描写的方法,下片采用侧面衬托的方法,通过议论赞美桂花,使主题深化,寄托遥深。结句通过议论赞美桂花,使主题深化,"骚人可煞无情思、何事当年不见收"。屈原可是没有情思之人,为什么当年他写"离骚",对许多花进行赞赏,唯独没有写桂花呢?这是作者的抱怨。表现词人对桂花的热爱与赞美之情。这种热爱赞美,是通过诗中议论达到的,反映了作者既注重外表美,尤其注重内在美的审美观。

赏　析　今·徐北文：李清照对花卉的欣赏，反映了她的审美观。她认为花的姿容不一定非得绰约娇艳，但要"情疏迹远只香留"，此类花自然当推为"第一流"的了。可见，她的观人赏花的标准，不甚注重外表之美，很重视内在的因素或灵魂之美。这是她咏桂花的一首词。反映了她的审美情趣。此词并非仅限于吟咏桂花，而是寄托深邃。诚如沈祥龙云："咏物之作，在借物以咏性情，凡身世之感，君国之忧，隐然蕴于其内。斯寄托遥深，非沾沾焉咏一物矣。"

清　余稚　《花鸟图册·海棠》

好事近

风定落花深,
①
帘外拥红堆雪。
②
长记海棠开后,
正伤春时节。

酒阑歌罢玉尊空,
③
青缸暗明灭。
④
魂梦不堪幽怨,
更一声啼鴂。
⑤

① 风定:风停。唐张泌《惜花》诗:"蝶散莺啼尚数枝,日斜风定更离披。"
② 拥红堆雪:凋落的红色、白色花瓣聚集堆积。
③ 阑:残尽。酒阑:酒喝完了。宋李冠《蝶恋花》词:"愁破酒阑闺梦熟,月斜窗外风敲竹。"
④ 缸:灯。唐白居易《长庆集·不睡》诗:"焰短寒缸尽,声长晓漏迟。"青缸,即青灯。唐李白《夜坐吟》诗:"青缸凝明照悲啼。"
⑤ 啼鴂:即鹈鴂,又名杜鹃。古人认为杜鹃的鸣声与"子规(归)"或"不如归去"谐音,游子听到之后,以为它劝说自己归家返乡。本词盖用谐音寄兴之义。

点　评　春天是撩人的季节，陌头柳色尚惊动了不知愁的少妇，何况一代才女。春愁春怨春思，伤春惜春怀春，是诗歌中永远写个不休的题目。易安虽以居士自号，岂能超然物外？本篇简短、浑成，语气流畅，一往情深。

啼鴂即是杜鹃，其鸣声被古人听成了"行不得也哥哥"，闺中听了焉能不起"悔教夫婿觅封侯"之情！此词上片直率，下片含蓄；上片伤春，下片怀人。虽是寥寥数语的小词，无论是行意布局，还是开头结尾，都十分考究，确属词林上乘之作。

赏　析　今·徐北文：一首高超的词作,尽管作者极尽委婉含蓄之能事,但她还总是要有意露出一点蛛丝马迹,暗示其词旨的。我们以为此词当属南渡前,写伤春之感及怀念丈夫之情的词作。

上片写风停之后落花满地,女主人感伤春日将暮;下片写酒阑歌罢,离情缱绻,夜不能寐,女主人闻鸠啼更添惆怅。

古典诗词中,常用声音作结,既深化了主题,又取得余韵娓娓之效。此词结句:"魂梦不堪幽怨,更一声啼鸠",灯油已经熬尽,遥夜沉静,月色胧明,小庭空荡,女主人夜久不寐,离愁别绪,绵绵不已。这时听到窗外林中传来一声杜鹃的啼鸣,更刺痛她的心,使她耳不忍闻。旖旎的春光即将逝去,美丽的年华在悄悄溜走,心上人不在身边。因此,这一声凄厉的"鸠"啼,既渲染了暮春的气氛,又增添了女主人的愁绪,深化了主题,取得了良好的艺术效果。

清 蒋廷锡 《桂花轴》

摊破浣溪沙

揉破黄金万点轻,

剪成碧玉叶层层。

风度精神如彦辅①,

大鲜明。

梅蕊②重重何俗甚,

丁香千结③苦粗生。

熏透愁人千里梦,

却无情。

① 彦辅:晋代乐广,字彦辅。《世说新语·品藻》:"王夷甫太鲜明,乐彦辅我所敬。"词中谓彦辅鲜明,是李清照误忆。然乐广与王衍一样,崇尚清淡,故时言风流者,以两人为首。此词咏桂花,以乐广相比,言其清高而名重。

② 梅蕊:梅花的花蕊。蕊:俗称花心。唐杜甫《江梅》诗:"梅蕊腊前破,梅花年后香。"

③ 丁香千结:丁香结,即丁香的花蕾。"千"字言其花蕾之多,唐宋诗人多用来比喻愁思固结不解。唐李商隐《代赠》诗:"芭蕉不展丁香结,同向春风各自愁。"

点　评　本篇是咏桂花之作。按咏物诗的惯例,作者也不在篇内直接点明桂花的名字,而是根据它的特色,写成一则优美的"谜面"。

上片正面描绘桂花的形状、特色。下片写其香气,则难于具体形容,便用了排除法,其香非梅、非丁香,那么结合上片的特色,在木本花中就非桂花莫属了。

"熏透愁人千里梦,却无情"这一句作为煞拍,点睛之笔。唐人之"打起黄莺儿",因"惊妾梦"而"不得到辽西";清照之恼桂花熏透了自己的千里梦,其心情亦是如此。此句犹如说:"你(桂香)熏透了我的梦,却不能给我以安慰,太无情了!"是痴语,情语,亦是俊语。

赏　析　今·徐北文：此词是咏物词。赞美桂花金黄的色泽,轻而小的花朵,层层的碧叶,沁人心脾的芳香。不仅赞扬她的"形",而且赞扬她卓然的"神"。

头两句,写桂花的形象。分别用"揉""剪"两个动词冠领,赞美桂花似有人工的艺术美。满树的黄色花朵,好像人揉碎了黄金撒满了桂树,随风轻扬闪动。层层的碧叶缀满了桂枝,好像是人用碧玉剪成。作者把小而轻的黄色桂花比成"金"粒,把绿色的桂叶比成"碧玉"片,这是比喻手法。赞扬了桂花的高贵,金花玉叶,黄绿辉映,旖旎动人。这是赞美桂花的自然美。

次两句,"风度精神"为人类所共有,"风度精神如彦辅",这是拟人手法,审美移情作用。使桂花的形神形成一个物我同一的艺术境界,给人以强烈的美感享受。他平和淡泊,不与群芳争艳。其"风度精神"像晋代乐广(彦辅)一样德高望重,一代风流。故词人盛赞桂花这种"风度精神"太"鲜明"了。上片,作者既称颂桂花的形态美,又赞扬桂花的精神美。

换头,转而写梅花。梅花"重重"的花瓣,从形态上看没有什么突出之处,因而显得凡庸。易安词云:"此花不与群花比"(《渔家傲》)、"不知酝藉几多香,但见包藏无限意"(《玉楼春》),这都是对梅花赞美的佳句。此词,与桂花相比而言,"梅"花显得太庸俗,用以反衬桂花的超拔,丁香花簇簇拥结在一起,显得太粗陋。词人贬抑梅花、丁香,都是为了反衬桂花的卓尔不群。

结句是说,不仅桂花的形态逸群,而芳香更是浓烈袭人,致使愁人悠远的"梦"境被"熏"破。不直说花香,而说香气能熏破梦境,则桂花之香自见。这样写把花和人联系起来,更情味盎然。这与易安词句:"酒醒熏破春睡,梦远不成归"(《诉衷情》)同一机杼。"却无情",字面似责怪桂花的无情,实际是赞颂桂花的奇香无比。

上片头二句,写桂花的"形",用比喻手法;次二句,转写桂花的"神",用拟人手法。下片,头二句,写梅花、丁香的"形",从侧面反衬桂花的"形";次两句,写桂花的芳香,用拟人手法。

清 沈铨 《荷塘鸳鸯图》

新荷叶

薄露初零,
①

长宵共永昼分停。
②

绕水楼台,

高耸万丈蓬瀛。
③

芝兰为寿,
④

相辉映簪笏盈庭。
⑤

花柔玉净,
⑥

捧觞别有娉婷。
⑦   ⑧

鹤瘦松青,
⑨

① 薄露初零:按二十四节气,秋分之前为白露,之后为寒露,喻寿主之诞日在此二"露"之间。

② 分停:将成数、总数分为几个等份,即为"分停"。此句结合寿主生辰之节候而撰辞,喻寿主生日恰值秋分之际,因秋分之时昼夜平分各占十二小时。

③ 蓬瀛:指神话传说中的神山,蓬莱、方丈、瀛洲。

④ 芝兰为寿:芝兰喻寿主的子弟,谓其子弟齐来祝寿也。

⑤ 簪笏:古代官员上朝,带笏板与笔,记事时书写于笏板上,无事则手执笏板,将笔簪插于冠上。

⑥ 花柔玉净:状美女之容貌。

⑦ 捧觞:捧杯献酒。

⑧ 娉婷:原喻美女之体态,而此指代寿主之妾侍。

⑨ 鹤瘦松青:古人以鹤、松为长寿之象征,鹤之瘦,谐"寿",松之青色喻青春之"青"也,皆祝贺之吉祥词语。

精神与秋月争明。

德行文章，

素驰日下声名。

东山高蹈，

虽卿相不足为荣。

安石需起，

要苏天下苍生。

⑩ 秋月：紧扣寿主之生辰在秋分之际。宋人多以明月喻人物的胸襟开朗宽和。
⑪ 日下声名：日下，古人喻皇帝为日，帝所居之地为日下，即京都。
⑫ 东山：此指今浙江省绍兴市上虞区西南之东山，东晋谢安早年隐居于此。高蹈：比喻隐居。

点　评　此词从明抄本《诗渊》录出,原词注明作者"宋李易安",此词是一篇寿词,是近年发现的,孔凡礼《全宋词补辑》收之。上片是用侧面描写的方法,下片采用正言直述之法。运用典故,含蓄蕴藉。

赏　析　今·徐北文：此词是一首为人祝寿之作,盖写于南渡之后。

头两句,"薄露"洒满大地,正值昼夜交潜之时。既写景,又暗示祝寿的时间。"高耸"两句,写主人的居住环境:碧水环绕楼台,楼台依傍着宛若葱茏高耸的仙山,简直是一种神仙境界,非常人生活之地。"芝兰"两句,"簪笏"之光相互辉映,说明祝寿者尽是达官贵人。"盈"字,说明祝寿人之多。暗示寿者并非凡人。"花柔"两句,写侍女如花似玉,袅娜多姿。上片,作者从环境的绮丽、祝寿人的高贵、侍女的仪态万方,侧面反映出寿者名望身价之高。不写正面,写侧面,让读者睹影知竿,意味盎然,情趣无穷。

换头,"鹤瘦"两句,正言祝贺主人像瘦鹤青松那样长寿。祝颂主人的思想智慧与明亮的秋月争光,这是比喻手法。颂扬寿者的品德操行和文学才能,早已声名传遍京城。最后四句,卒章显其志,发表议论说,即使您不以卿相为荣,也要像谢安那样,放弃自己的隐居生活而出仕,整治天下,拯救黎庶于苦难的深渊之中,收拾祖国破碎的山河。

该词并非一般祝寿者,歌功颂德的庸俗之作。从作者对寿人的诚恳愿望,可以看出她对国家的前途和人民的命运的深切关心。这是很宝贵的,爱国爱民的思想在闪闪发光。

此词用"鹤瘦""东山""安石"等典故,使词含蓄蕴藉。上片不直接写寿人,作者泼墨渲染环境、祝寿人、侍女的不同凡俗,在于突显寿人的名望身价之高,乃用烘云托月之法。

明　陈洪绶　《眷秋图》

忆秦娥

临高阁,

乱山平野烟光薄。
①

烟光薄,

栖鸦归后,
②

暮天闻角。
③

断香残酒情怀恶,
④　⑤　⑥

西风催衬梧桐落。
⑦

梧桐落,

又还秋色,
⑧

又还寂寞。
⑨

① 烟光薄:烟雾淡而薄。
② 栖鸦:指在树上栖息筑巢的乌鸦。宋苏轼《祈雪雾猪泉,出城马上作,赠舒尧文》:"朝随白云去,暮与栖鸦还。"
③ 闻:听。角:乐器。
④ 断香残酒:指熏炉里的香烧尽了,杯里的酒喝完了。
⑤ 情:《花草粹编》作"襟"。
⑥ 恶:伤心。
⑦ 衬:施舍,引申为帮助。"西风催衬梧桐落",秋风劲吹,帮助即将凋落的梧桐叶更快飘落了。
⑧ 秋色:《花草粹编》作"愁也"。还:归,回到。另说,当"已经"讲。
⑨ 还:仍然。另说,当"更"讲。

点　评　四印斋本《漱玉词》补遗题作《咏桐》,《全芳备祖》收为李清照词,因该词中有"梧桐落"句,故将其词收"梧桐门",其实并非咏梧桐之作。

此词,写作者登阁眺望及孤寂之感。心与物融,情与景合。两个"又还",加重了凄凉哀郁的色彩,加深了主题的表达。

赏　析　今·徐北文："临高阁，乱山平野烟光薄"，开端起得陡然，从而吸引了读者的注意。女主人登楼眺望，远处那蜿蜒起伏参差错落的群山，近处那辽阔平坦的原野，都被一层灰蒙蒙的薄雾笼罩着。"烟光薄"的凄暗色彩，似乎笼罩全篇，也似涂在读者的心上。

"烟光"三句，女主人站在高阁之上，看到从遥远的群山和平坦的原野上归飞的乌鸦，她的心无限的惆怅，想起了远离身边的心上人尚未归来。这时又听到黄昏画角的哀鸣，在群山和原野中回荡，尤觉黯然神伤。作者从视觉、听觉两个方面写黄昏的景象，使画面产生了动感。上片写女主人在高阁上眺望所见，由人及物。

换头，"断香残酒情怀恶"，转由物及人，写室内的环境和女主人情怀的恶劣。室内熏炉里的香料已经烧尽，不再续添，仍然没有心思；酒杯里的酒，也差不多喝完，愁绪依然未减。"西风催衬梧桐落"，秋风阵阵袭来，梧桐树的叶子随之飘落。颇有"悲哉秋之为气也！萧瑟兮草木摇落而变衰"的悲惨气氛。

结句用两个"梧桐落"，渲染了凄凉的气氛，衬托了女主人悲怆的心境。女主人很想到外面去排遣一下心中的缱绻离情，但是不能，外面是一片令人悲伤的秋色。江山凄肃，花木飘落，不仅不会消愁，反而会更增悲哀。于是，还要继续在室内闷坐，形影相吊，一片沉寂。至此，她无法排遣的浓愁和孤寂，也便跃然纸上了。

宋　刘松年　《秋窗读书图》

摊破浣溪沙

病起萧萧两鬓华,
①
卧看残月上窗纱。
豆蔻连梢煎熟水,
② ③
莫分茶。
④

枕上诗书闲处好,
门前风景雨来佳。
终日向人多酝藉,
木犀花。
⑤

① 萧萧:头发稀短的样子。宋苏轼《次韵韶守狄大夫见赠》诗:"华发萧萧老遂良,一身萍挂海中央。"
② 豆蔻:植物名,多年生常绿草本,可入药。红豆蔻生于南海诸谷中,南人取其花尚未大开者,名含胎花,言如怀妊之身。诗人或以喻未嫁少女,言其少而美。唐杜牧《赠别》诗:"娉娉袅袅十三余,豆蔻梢头二月初。"故词中说"豆蔻连梢",言其鲜嫩。
③ 熟水:宋朝时的一种饮料。
④ 分茶:宋人常用语。王仲闻注李词《转调满庭芳》云:"据各家所咏或记载,盖以茶匙(《茶谱》云:茶匙重,击拂有力)取茶(汤)注盏中为分茶也。"陆游《临安雨晴》诗有"晴窗细乳戏分茶"之句。
⑤ 木犀花:桂花的别称。以木材纹理如犀而名。

点　评　据篇中"萧萧两鬓华"句意,盖是清照晚年作品。

上片言病后尚未康复,只能饮熟水,不能喝茶,言外之意:诗人平居有品茶之好。下片涉及"枕上诗书"与宋时士大夫的品茶习惯相映衬,体现了诗人的文化素养与生活趣味。加上窗外残月、门前雨景、院中桂树等景物,构成了一种病后静养的素雅的生活情景,充分表现了主人淡泊、萧散的风度。

"枕上诗书闲处好":卧病读书与平日读书感受不同,能体会生活趣味的细微处,又能充分表达之。又与"门前风景雨来佳"相配,构成了一副绝妙的书斋楹联,足以赏心悦目。

赏析

今·徐北文：此词上片，写大病初起，服药将养的情景。下片，写病中挺起见到的美好景象，以求解脱、振起。

作者所撷取的都是家庭生活中的一些事物："病起""卧看""窗纱""豆蔻""分茶""枕""门""木犀花"，故此词充满浓郁的生活气息，读者容易产生共鸣，获得意想不到的艺术效果。

病中对周围环境的赞赏，这是一种自我宽慰、排遣。下片，女主人在病中，不能做事，倚在枕头上读书是令人解闷的，故赞其"好"；门前的风光景物经过一场雨的冲洗之后格外清新、旖旎，故曰其"佳"。作者赋予桂花以人的感情。似乎木犀花终日含情脉脉，向着人默默不语，蕴涵着无限的情意。她在这里赞赏桂花的"酝藉"，即一种含蓄的美。

易安之病，似因明诚病逝而过度哀伤，又加北国的沦丧，金寇的进犯，个人和国家的前景渺茫等多种因素酿成的，女主人的心情可想而知。但作者所写的三幅画面："枕上诗书闲处好，门前风景雨来佳。终日向人多酝藉，木犀花"，一个曰"好"，一个曰"佳"，一个曰"酝藉"，似乎"情"与"景"格格不入，不协调一致。这是女主人尽力往好处想，往佳处看，一种自我开解的方式。本来"大病，仅存喘息"，再去哀伤忧愁，人是很危险的。也正因为如此，才使女主人从病中挺起，表现女主人刚毅、旷达的性格。

此外，拟人手法，对偶句的运用，在表达上也取得了良好的效果。

清 华嵒 《隔水吟窗图》

添字采桑子

窗前谁种芭蕉树?
①

阴满中庭。

阴满中庭,

叶叶心心,

舒卷有余情。

伤心枕上三更雨,

点滴霖霪。
②

点滴霖霪,

愁损北人,
③

不惯起来听。

① 谁种:四印斋本《漱玉词》作"种得"。芭蕉:多年生草本植物,叶大、呈椭圆形,开白花,果实似香蕉。南唐李煜《长相思》:"秋风多,雨相和,帘外芭蕉三两窠。夜长人耐何!"

② 霖霪:指雨点绵绵不断,滴滴答答不停。霖霪,《历代诗余》等作"凄清"。

③ 愁损:因发愁而损伤身体和精神。北人:北宋灭亡,易安从故乡山东济南被迫流落到江浙,故称"北人"。北,《历代诗余》等作"离"。

点　评　此词是咏芭蕉的,当为李清照南渡后流寓江浙、投宿某馆舍所作。写她日间见庭院中的芭蕉树,三更兼听雨打芭蕉的凄厉声响,表现了她深沉浓重、痛苦难耐的思国怀乡之情。通过环境描写突显词旨,语言平易而隽永。

宋陈景沂《全芳备祖》调作《添字丑奴儿》,《花草粹编》《词谱》作《采桑子》。《采桑子》即《丑奴儿》,同调异名。《历代诗余》等收为易安词。

赏析

今·王璠：按诸谱律，《丑奴儿》（即《采桑子》），前后两段都没有重叠句，更不是重韵，所谓"添字"也只是在前后两结句各添二字而已。清照这词，并非在第四句（即结句）七字中添二字成九字句，而是连同第三句四字并所添二字共十三字，破为三句，使之成为四、四、五字句；且承上句，重叠一遍。所以如此，乃因叠句重韵，在词中能起到节拍复沓，辞情委婉，舒徐动听的作用，以增强其语言的形式美和韵味美。"（《李清照研究丛稿·咏物述怀乡怀凄切》）

今·徐北文：此词也有所祖，温庭筠词云："梧桐树，三更雨，不道离情正苦。一叶叶，一声声，空阶滴到明"（《更漏子》），与易安此词意境略同，只是"梧桐树"表示秋天的时令，而易安词中"芭蕉""心心""卷"着，时指春季罢了。

"愁损北人，不惯起来听"。自称"北人"，颇有念念不忘故国乡关之意。芭蕉生在南方，雨打芭蕉更刺痛了"故乡心"，故"不惯起来听"。收束陡然，余韵袅袅。

清　邹一桂　《花卉八开·菊花图》

鹧鸪天

寒日萧萧上琐窗,

梧桐应恨夜来霜。

酒阑更喜团茶苦,

梦断偏宜瑞脑香。

秋已尽,

日犹长,

仲宣怀远更凄凉。

不如随分尊前醉,

莫负东篱菊蕊黄。

① 寒日:晚秋的霜晨,气温甚低,人们感觉不到阳光的热量,故称寒日。
② 琐窗:窗棂作连锁形的图案,名琐窗。琐,即连环,亦作锁。南朝宋鲍照《玩月城西门廨中》诗:"蛾眉蔽珠栊,玉钩隔琐窗。"
③ 酒阑:酒喝完了。
④ 团茶:一种压紧茶。宋朝多制茶团。宋欧阳修《归田录》载:"茶之品莫贵于龙凤,谓之茶团,凡八饼重一斤。"
⑤ 仲宣怀远:王粲,字仲宣,山阳高平人,建安七子之一。曾写《登楼赋》,以抒怀乡的情思。其中有"情眷眷而怀归兮,孰忧思之可任!……悲旧乡之壅隔兮,涕横坠而弗禁"之句。
⑥ 随分:照例。宋袁去华《念奴娇·九日》:"随分绿酒黄花,联镳飞盖,总龙山豪客。"

点　评　词人南渡之后，陷入国破家亡、夫死流离的悲惨境地，心绪寂寞，乡情殷切。此词写晚秋霜晨庭院中凄寒的景象，及女主人一醉解千愁的浓重家国之思。本篇结语最为精彩，本来乡情浓重，心绪凄怆，却说："莫负东篱菊蕊黄。"宕开笔墨，别处远神，境界全开，更引起读者冥想遐思，获得特殊的美感享受。

赏　析　今·徐北文：此词上片写晚秋霜晨庭院中凄寒肃杀的景象及女主人借饮酒以暂忘乡愁的无奈心绪；下片写女主人消愁无术，最终仍用"尊前醉"的办法排遣浓重的家国之思。

此词上片与易安《念奴娇·萧条庭院》上片的构思、句法大体相同。《念奴娇》开始写了早春庭院的萧条冷落及天气的恶劣："萧条庭院，又斜风细雨，重门须闭。宠柳娇花寒食近，种种恼人天气。"女主人只能闷坐在屋里，用写"险韵诗"，喝"扶头酒"的方法消愁解闷，打发光阴。此词开头写晚秋霜晨庭院凄寒肃杀的景象。女主人已经没有在建康时那种踏雪觅诗的兴致，只有枯坐屋里，无可奈何，用饮酒睡觉来排遣悒怅的情怀。但《念奴娇》写的是早春的离愁别苦，此词写的是晚秋的家国之思，后者的境界令人凄神寒骨，情调更加沉郁悲凉。

此词结句甚为精彩。清·刘熙载《艺概·词概》中云："收句非绕回即宕开，其妙在言虽止而意无穷。"很有道理。此词末句宕开，本来乡情浓重，心绪凄怆，用酒浇愁，却说："莫负东篱菊蕊黄"。辛弃疾《丑奴儿》下片："而今识尽愁滋味，欲说还休。欲说还休，却道天凉好个秋。"本来愁绪满怀，说了也无济于事，故"欲说还休"。结句宕开，"却道天冷好个秋"，无限抑郁怅惘之情于言外。两词结句如直抒胸臆，僵直枯燥，便缺乏了艺术的生机。宕开一笔，别出远神，境界全出，更引起读者冥想遐思，获得特殊的美感享受。

宋　马远　《梅溪放艇图》

武陵春

风住尘香花已尽,

日晚倦梳头。

物是人非事事休,
①

欲语泪先流。

闻说双溪春尚好,
②

也拟泛轻舟。
③

只恐双溪舴艋舟,
④

载不动、许多愁。

① 物是人非:景物依旧,人事已非。三国曹丕《与朝歌令吴质书》:"节同时异,物是人非,我劳如何?"
② 双溪:水名,在今浙江金华市东南,是风景佳胜之区,也是唐宋诗人常吟咏的风景区。
③ 拟:准备,打算。
④ 舴艋:小船。唐李贺《南园》诗:"泉沙更卧鸳鸯暖,曲岸回篙舴艋迟。"宋张先《木兰花》词:"龙头舴艋吴儿竞,笋柱秋千游女并。"

点　评　本篇中"双溪"一名,其地在今浙江省金华市。

李清照于绍兴元年（1131）再婚不久即离异。国破家亡,暮年颠沛流离于江南。绍兴四年她怀着无限怀旧的感情,写下了著名的感人肺腑的《金石录后序》;绍兴五年又写了这首伤悲凄婉的《武陵春》。

本词之"只恐双溪舴艋舟,载不动许多愁",是脍炙人口的佳句,令人联想起李煜的"问君能有几多愁,恰似一江春水向东流"。一联优美的诗句,源自多少前人的积累,令读者可以多方联想、比较、品味,享尽了多少诗情画意!

赏　析　明·李攀龙：(眉批)未语先泪，此怨莫能载矣。(评语)景物尚如旧，人情不似初。言之于邑，不觉泪下。(《草堂诗余隽》)

明·沈际飞：与"载取暮愁归去"相反，与"遮不断愁来路""流不到楚江东"相似，分帜词坛，孰辨雄雌？(《草堂诗余正集》)

清·吴衡照：易安《武陵春》，其作于祭湖州以后欤？悲深婉笃，犹令人感伉俪之重。叶文庄乃谓语言文字诚所谓不祥之具，遗讥千古者矣，不察之论。(《莲子居词话》)

今·唐圭璋、潘君昭、曹济平：作者运用三组口语词："闻说""也拟""只恐"，曲折地反映出她那种极难用笔墨形容的内心活动。此外，词中还运用了极其鲜明而形象的比拟："只恐双溪舴艋舟，载不动、许多愁。"使得作者在环境压力下所产生的不能明言，难以排遣的身世之悲、飘零之痛得到了深刻的表达。(《唐宋词选注》)

明 吕纪 《秋鹭芙蓉图》

南歌子

天上星河转,①

人间帘幕垂。

凉生枕簟泪痕滋。
② ③

起解罗衣,

聊问夜何其?
④

翠帖莲蓬小,
⑤

金销藕叶稀。
⑥

旧时天气旧时衣。

只有情怀,

不似旧家时。
⑦

① 星河:天河、银河。《南齐书·张融传》:"湍转则日月似惊,浪动而星河如覆。"
② 簟(diàn):竹席子。枕簟即枕席。
③ 滋:多。
④ 夜何其:相当于现代汉语说的"夜间什么时间了"。其:语助词,表疑问。《诗经·小雅·庭燎》:"夜如何其?夜未央。"
⑤ 帖:此处是指把做好的花饰图案用细线不露针脚地缝在衣裳上,像黏附上去的一样。
⑥ 金销藕叶:用金线织在衣服上的荷叶。金销:以金饰物。与上句"翠帖"相对,均为服饰工艺。
⑦ 旧家:张相《诗词曲语辞汇释》卷六解释为"从前",是宋时的习惯用语。

点　评　本篇为感流光之易逝,哀时事之变迁的悲伤之作。

上下片之起二句,字同音叶,正可取作对仗句。前一联"星河"与"帘幕"照应,人间帘幕垂而孤栖(由席凉泪滋可知),天上牛郎织女相会(以本篇之气候推知为初秋),从而加重了凄凉情绪。后一联"莲蓬"与"藕叶"语涉双关,莲小叶稀既指衣服图案之疏落,又指人间景物之季节。

以工整之对仗句与流利而接近口语之散句配合,无限悲秋离恨而以寻常口吻出之,淡而实腴,浅而实深,饶有自然萧散之致。

赏　析　今·徐北文：赵明诚在建炎三年(1129)病故之后,李清照处在国破家亡、夫丧身零的悲痛和种种的苦难之中,但她常常忆起南渡之前的一些往事。或许因为伉俪情重,抚今追昔,感慨万端,写了一首《偶成》诗："十五年前花月底,相从曾赋赏花诗。今看花月浑相似,安得情怀似往时。"明月依然银辉笼地,鲜花仍旧喷香斗艳,但是人恍如隔世,"情怀"迥异。而今她的"情怀",已不单是她个人身世飘零的哀伤和遭际的凄苦,还交融着她对整个国家和民族悲惨命运的切肤之痛。

上片写深夜天气依旧,女主人孑然一身,心酸落泪,而怨夜长不尽;下片写女主人衣服如故,天气依旧,感慨情怀甚恶。作者构思精巧,先写"天上星河转",天气依旧,是下文抒情的伏笔。"翠贴莲蓬小,金销藕叶稀",衣服如故,是下文抒情的基础。最后感喟"旧时天气旧时衣,只有情怀,不似旧家时",卒章显志,有水到渠成之妙。

上下片开头两句均为对偶句,谐美自然。《词绎》中说："词中对句正是难处,莫认作衬句。至五言对句,七言对句,使观者不作对疑尤妙。""不作对疑"正是该词对句的高超之处。作者不直说今日情怀之恶——"情怀不似旧家时",先用种种事物的不变——"旧时天气旧时衣"一句来衬托"只有情怀"的异变,令人不胜哀怜、悲悯、叹惋。这种艺术效果,就是衬跌手法的功力。此外,三个"旧"、三个"时"字的叠用,也显示了李易安艺术手法的圆熟、精湛。

明　沈周　《盆菊幽赏图》（局部）

醉花阴

薄雾浓云愁永昼,

瑞脑销金兽。①

佳节又重阳,②

玉枕纱厨,③

半夜凉初透。

东篱把酒黄昏后,④

有暗香盈袖。⑤

莫道不销魂,⑥

帘卷西风,

人比黄花瘦。⑦

① 瑞脑:熏香名,即龙脑。金兽:兽形的铜香炉。唐罗隐《寄前宣州窦常侍》诗:"喷香瑞兽金三尺,舞雪佳人玉一围。""销金兽"谓"香销于炉中"。
② 重阳:农历九月九日。《周易》以九为阳数,九月而又九日,故称重阳节。唐杜甫《九日》诗:"重阳独酌杯中酒,抱病起登江上台。"
③ 玉枕:玉制枕或白瓷制的枕头的美称。宋贺铸《菩萨蛮》词:"绛纱灯影背,玉枕钗声碎。"纱厨:纱帐。唐王建《赠王处士》诗:"青山掩障碧纱厨。"
④ 东篱:晋陶渊明《饮酒诗》(其五):"采菊东篱下,悠然见南山。"后世以"东篱"借指菊花或菊圃。
⑤ 暗香:清幽的香气。唐元稹《春月》诗:"风柳结柔援,露梅飘暗香。"
⑥ 销魂:是说为情感,若魂魄离散。此处用以形容极度的愁苦。
⑦ 黄花:指菊花。唐李白《九日龙山歌》诗:"九日龙山饮,黄花笑逐臣。"

点　评　"人比黄花瘦"是李清照脍炙人口、千古长新的名句。

人们甚至为此捏造出一个逸事佳话："易安以重阳《醉花阴》词函致明诚。明诚叹赏，自愧弗逮。务欲胜之，一切谢客，忘食忘寝者三日夜，得五十阕，杂易安作，以示友人陆德夫。德夫玩之再三，曰：'只三句绝佳。'明诚诘之，曰：'莫道不销魂，帘卷西风，人比黄花瘦。'政易安作也。"足见此句深受读者喜爱。

苗条淑女，自古所尚。"瘦"不仅美观，而且与"清"的品藻相通感，与菊花这一历代文学中惯用的形象相配，更为契合，更为精彩。

赏　析　明·王世贞：词内"人瘦也,比梅花,瘦几分",又"天还知道,和天也瘦",又"莫道不消魂,帘卷西风,人比黄花瘦"。"瘦"字俱妙。(《弇州山人词评》)

清·谭莹：绿肥红瘦语嫣然,人比黄花更可怜。若并诗中论位置,易安居士李青莲。(《古今词辨》)

今·李长之：先是已经忘了自己,同情于菊花之瘦,次又发现自己之瘦,最后才见出自己之瘦还有过于菊花者,她的生命似早已与菊花化而为一了。(《论李清照》)

宋　佚名　《梨花鹦鹉图》

怨王孙

帝里春晚,
重门深院,
草绿阶前。
暮天雁断。
楼上远信谁传?
恨绵绵。

多情自是多沾惹,
难拚舍,
又是寒食也。
秋千巷陌人静,
皎月初斜,
浸梨花。

① 帝里:京城、帝京。《晋书·王导传》:"建康古之金陵,旧为帝里。"此指汴京。
② 绵绵:连续不断。唐白居易《长恨歌》诗:"天长地久有时尽,此恨绵绵无绝期。"
③ 沾惹:招引。
④ 拚舍:抛弃。
⑤ 秋千:我国传统游戏器械。木架上悬两绳,下拴横板,人在板上或坐或站,两手握绳,使前后摆动。巷陌:街道的通称。
⑥ 浸梨花:此句是说月光宛如一汪清水,浸透了梨花。宋秦观《忆王孙》云:"雨打梨花深闭门。"清照此句盖从此生发。

点　评　所谓"怨王孙"者,盖北宋时有人用《河传》调以赋思所欢之言,其句中有"怨王孙"之典故,因而改今名。李清照亦取此调表达春闺思夫之情,故袭用之。清照此词,盖亦写其思夫君、怨别离之情。

此词颇为流行,宋人黄升用此调,改牌名为《月照梨花》,清初诗人万树指出是受了李清照"浸梨花"的影响。又有明人填此调,自云"和易安韵",可见其广为人爱读。

赏　析　明·杨慎：至情。(评"多情自是多沾惹"句)(《草堂诗余》)

明·李攀龙：(眉批)以"多情"接"恨绵绵"，何组织之工！(评语)此词可以"王孙不归兮，春草萋萋兮"参看。(《草堂诗余隽》)

明·沈际飞：贺词："多情多感"，犹少此"难拚舍"三字。元人乐府率以"也"字叶成妙句，殆祖此。(《草堂诗余正集》)

明·徐士俊：元词多以"也"字叶成妙句，殆祖此。(《古今词统》)

清·王士祺："皎月""梨花"本是平平，得一"浸"字，妙绝千古。与"月明如水浸宫殿"同工。(《花草蒙拾》)

清·陆昶：易安以词擅长，挥洒俊逸，亦能琢炼。最爱其"草绿阶前，暮天雁断"，极似唐人。(《历朝名媛诗词》)

明 仇英 《人物故事图·南华秋水》

怨王孙

湖上风来波浩渺,

秋已暮,

红稀香少。

水光山色与人亲,

说不尽,

无穷好。

莲子已成荷叶老,

清露洗,

蘋花汀草。

眠沙鸥鹭不回头,

似也恨,

人归早。

① 浩渺:形容水势广阔无边。
② 红稀香少:是写暮秋时节,花朵已快落尽,飘散出来的香气也减少了。
③ 蘋花汀草:蘋:多年生草本植物,生浅水中,叶有长柄,柄端四片小叶呈田字形,也叫田字草,夏秋时叶柄下部歧出小枝,枝生两三个小囊状体,孢子即生于囊中,蘋花即指此。汀:水边平地,小洲。

点　评　本篇以亲切清新的笔触,写出暮秋湖上水光山色的优美迷人,表现了她对美丽风光的挚爱之情,当属李清照早期作品。该词语言轻松平易,简洁清朗,鸥鹭似与诗人共赏此胜景而会心同趣。古人写秋多感伤之语、悲凄之调,也有人能把秋天写得绚丽多彩,令人振奋鼓舞。作为一个中国封建社会的女子,把晚秋景色写得如此俊朗,令人意志焕发,毫无萎靡之感,在中国古代闺阁作家中实属少见。

赏　析　今·王璠：李词从红稀香少、莲熟叶老中生发出水光山色、蘋花汀草、鸥鹭眠沙来，顿使生气蓬勃，景色鲜妍，充满着热情爽朗的朝气，跃动着青春的活力，体现出词人少年时期的那种积极的、开阔的胸怀和乐观进取的精神。(《李清照研究丛稿·一幅绚烂夺目的秋景图》)

今·徐北文：作者以亲切清新的笔触，写出暮秋湖上水光山色的优美迷人，表现了她对美丽风光的挚爱之情。从情致上看出，她此时的生活是安静、和平、闲适、欢快的，此词当属李清照早期作品。

"水光山色与人亲，说不尽、无穷好"与"眠沙鸥鹭不回头，似也恨、人归早"，两句拟人手法的运用，不仅妙趣横生，而且也使作者笔下的景物获得勃然的生机。连同"来""洗"等动词的运用，使整体画面灵活，气韵飞动，前结后结皆有无穷之味。极精练，亦极自然，获得"能令人掩卷后，犹作三日之想"的强烈艺术效果。两个拟人句皆为平易中有句法的入神之句，高妙而精粹。

从此词的格律结构上看，上下两片的韵律结构都是一致的，是并列的。上片前三句概括写湖上景物，后三句，用拟人手法表现作者对山水的热爱。下片前三句具体写湖上景物，后三句用拟人手法表达对湖光山色依恋的深情。

明 朱竺 《梅茶山雀图》

玉楼春

红酥肯放琼苞碎?
　①

探著南枝开遍未?
　②

不知酝藉几多香,
　　③

但见包藏无限意。

道人憔悴春窗底,
　④

闷损阑干愁不倚。
　⑤

要来小酌便来休,
　　⑥

未必明朝风不起。

① 红酥:形容红梅。酥:酪类,以牛羊乳制成。此处形容梅花初放时的柔和色泽。此句意谓这粉腻似酥的红梅,怎能愿意轻易地使花蕾开放而散落破碎呢? 肯:这里是"不肯",不愿意。

② 南枝:向南的枝干。因其受阳光最多,故花开较早。此句是说:梅花在南枝上跃跃欲试地开放了,但有没有全部开遍呢? 言下之意即尚未开遍。

③ 酝藉:这里有"积聚""酝酿"意。《汉书·薛广德传》:"广德为人温雅,有酝藉。"

④ 道人:道,说道,说是。道人意即说有个人。憔悴:瘦弱萎靡貌。也泛指折磨困苦。宋柳永《凤栖梧》词:"衣带渐宽终不悔,为伊消得人憔悴。"

⑤ 闷损:犹言闷得很、闷煞。齐鲁方言。

⑥ 酌:斟酒,饮酒。小酌:小饮。便来休:犹言就来吧。休:语助词。此二句是写梅名句。作者有勿失赏梅良机且借酒自遣之意。

点　评　这首小令,是一首咏梅词,写出了梅的品质和词人矛盾的心绪。上片说梅花终于开放了。其所以迟迟不开,乃是积蕴更多的芳香来馈赠世人,体现了它的深厚情意。末句是拟人化的写法,然而是以花拟人呢,抑或是以人拟花?还是"夫子自道"?下片直说自己憔悴、闷损,但又不负赏梅之期。

几句平常话,包蕴了无限意。生机勃发,却以蕴藉的风度处之。仪态万方,风致宛然。作为读者,正好欣赏到一段有声有色的闺中雅事,获意外之乐。

赏　析　清·朱彝尊：咏物诗最难工，而梅尤不易……朱希真词："横枝清瘦只如无，但空里、疏花几点。"李易安词："要来小酌便来休，未必明朝风不起。"皆得此花之神。(《静思居词话》)

今·徐北文：李清照写梅深得咏物之法，此词把咏红梅与写爱情巧妙地融为一体，自然浑成，一扫咏梅词之俗套，当为咏花卉的上乘之作。作者深情地用形容、拟人等手法将梅花的色香和精神表现出来。女主人以梅花自喻，把梅花写得越俏丽、越馨香、越情浓。便益能够打动爱人的心。下片，写相思之苦，殷切盼望丈夫归来饮酒赏梅，以慰双撑盼睫。把咏梅与怀念丈夫的内容巧妙切当地结合起来，扫除了庸俗的梅词沾沾吟咏一物，索然呆滞，枯燥无味的做法。这是易安梅词高明、超绝之处。

这首小词，仅仅五十六字，但亦能显出易安的艺术匠心。诚如宋·王灼《碧鸡漫志》云："易安居士作长短句，能曲尽人意，轻巧尖新，姿态百出。"绝非虚誉。《李清照全集评注》

近代 陈少梅 《红楼望梅图》

诉衷情

夜来沉醉卸妆迟,

梅萼插残枝。

酒醒熏破春睡,

梦远不成归。

人悄悄,

月依依,

翠帘垂。

更挼残蕊,

更捻余香,

更得些时。

① 沉醉:大醉。
② 萼:花瓣外面的一层小托片。宋苏轼《早梅芳》:"嫩苞匀点缀,绿萼轻减裁。"
③ 远:《花草粹编》作"断"。
④ 悄悄:寂静无声。五代冯延巳《鹊踏枝》:"庭树金风,悄悄重门闭。"
⑤ 依依:留恋难舍,不忍离去之意。《诗经》:"昔我往矣,杨柳依依。"
⑥ 更:又。柳永《雨霖铃》:"便纵有千种风情,更与何人说。"挼:揉搓。
⑦ 捻(niǎn):一作"撚",义同。用手指搓转。南唐张泌《浣溪沙》:"闲折海棠看又捻,玉纤无力惹余香。"
⑧ 得:需要。些:《花草粹编》作"此"。

点　评　《诉衷情》当为李清照南渡前的作品,抒写了女主人对远游丈夫的绵绵情思。作者用寥寥四十四个字,写出了女主人种种含蓄的活动及复杂曲折的心理,惟妙惟肖。梅花芳香可爱,因梅香熏醒了自己与丈夫相会的梦境,竟迁怒而揉损了梅花,以衬托主人公对丈夫刻骨铭心的怀念。女主人的思想感情波澜起伏,因愁而"沉醉",因"梦远"而高兴,因"熏破"而愤怒。对梅花,因爱而插戴,因憎而"挼""捻"。成功的心理刻画使人物形象栩栩如生,也使读者拍案叫绝,惊叹不已。前人云:"词以婉转为上,宜若九曲湘流,一波三折。"是有一定道理的。

赏　析　清·况周颐：玉梅词隐云：《漱玉词》屡用叠字，"寻寻觅觅，冷冷清清，凄凄惨惨戚戚"，最为奇创。又"庭院深深深几许"，又"更挼残蕊，更捻余香，更得些时"，又"此情此恨，此际拟托行云，问东君"，又"旧时天气旧时衣，只有情怀不似旧家时"，叠法各异，每叠必佳，皆是天籁肆口而成，非作意为之也。欧阳文忠《蝶恋花》"庭院深深"一阕，柔情回肠，寄艳醉魄。非文忠不能作，非易安不许爱。(《漱玉词笺》)

今·平慧善：这首词是抒发故乡难归的愁绪的。残梅清冽的芳香不断袭来，使词人梦醒，在睡梦中返回北国故乡的希望落空了，更激起了词人的万千愁绪，更深入静，月色迷人，词人再也不能入睡，在翠帘低垂的卧室里，手不断地捻残蕊，这一下意识的连续的动作，表现了她月夜中孤栖无眠，愁结难解的心情。动作是单调的，但含蕴是丰富的。(《李清照研究论文集·自是花中第一流》)

清 冷枚 《春闺倦读图》

临江仙

庭院深深深几许？①

云窗雾阁②常扃③，

柳梢梅萼④渐分明。

春归秣⑤陵树，

人客建康⑥城。

感月吟风⑦多少事，

如今老去无成。

谁怜憔悴更凋零。

试灯⑧无意思，

踏雪没心情。

① 几许：多少。《文选·古诗十九首》之十："河汉清且浅，相去复几许。"
② 云窗雾阁：唐韩愈《华山女》诗："云窗雾阁事恍惚，重重翠幔深金屏。"
③ 扃（jiōng）：自外关闭门户用的门闩，引申为关闭之意。
④ 萼（è）：环列花朵外部的叶状薄片，一般指花朵。《晋书·皇甫谧传》："是以春华发萼，夏繁其实。"宋苏轼《早梅芳》词："嫩苞匀点缀，绿萼轻减裁。"
⑤ 秣（mò）陵：地名，即今江苏省南京市的古称。
⑥ 建康：亦为今南京的古称。一本作"建安"。
⑦ 感月吟风：相当于后人所说的"吟风弄月"，一般是指作诗词。
⑧ 试灯：旧俗元宵节张灯结彩，以祈丰收。正月十四日为试灯日。试灯就是指未到元宵节而张灯预赏。宋陆游《初春》诗："元日人日来联翩，转头又见试灯天。"

点　评　本词由前人的"庭院深深深几许"这一佳句而生发，写出词人45岁离乡远居建康（今南京）时逢国家遭侵扰之际的悲伤心情。

　　李清照对于造句构词的语言之美，非常敏感，非常爱好，玩赏之余，予以援用，并融入全篇，浑化无迹。特别是上下两片都以对仗句作结束，更应标出的是第二联"试灯无意思，踏雪没心情"，读来全似大白话，举重若轻，挥洒自如，表现了熟练的修辞功力。

赏析　清·徐釚:"庭院深深深几许,杨柳堆烟,帘幕无重数。玉勒雕鞍游冶处,楼高不见章台路。雨横风狂三月暮,门掩黄昏,无计留春住。泪眼问花花不语,乱红飞过秋千去。"此欧阳文忠《蝶恋花》春暮词。李易安酷爱其语,遂用作"庭院深深"调数阕。杨升庵云:一句中连三字者,如"夜夜夜深闻子规",又"日日日斜空醉归",又"更更更漏月明中",又"树树树梢啼晓莺"。皆善用叠字。(《词苑丛谈》)

清·沈雄:《乐闻纪闻》云:李清照每爱欧阳公《蝶恋花》词"庭院深深深几许",作"庭院深深"句,即《临江仙》也。(《古今词话》)

清·况周颐:第一阕,朱竹垞云:"庭院深深"一阕,载冯延巳《阳春录》,刻作欧九,误也。《玉梅词隐》云:据《漱玉词》,则是《阳春录》误载也。易安宋人,性复强记,尝与明诚坐归来堂烹茶,指堆积书史,言某事在某卷某叶某行,以是否决胜负,为饮茶先后,何至于当代名作向所酷爱者,记述有误?竹垞云云,未免负此佳证。(《漱玉词笺》)

明 陈洪绶 《梅花山鸟图》

清平乐

年年雪里，

常插梅花醉。

挼尽梅花无好意，
①

赢得满衣清泪。
②

今年海角天涯，
③

萧萧两鬓生华。
④

看取晚来风势，
⑤

故应难看梅花。

① 挼：以手揉搓。唐元稹《酬孝甫见赠》："十岁荒狂任博徒，挼莎五木掷枭卢。"
② 赢得：获得。杜牧《遣怀》："十年一觉扬州梦，赢得青楼薄幸名。"
③ 海角天涯：形容地方极为偏远。宋晏殊《踏莎行》："无穷无尽是离愁，天涯地角寻思遍。"唐关盼盼《燕子楼》诗："相思一夜情多少，地角天涯不是长。""海角天涯""天涯地角""地角天涯"同意。
④ 萧萧：耳际的头发短而稀疏的样子。宋苏轼《南歌子》："苒苒中秋过，萧萧两鬓华。"
⑤ 看取：看着。唐李白《长相思》有"不信妾肠断，归来看取明镜前"句。

点　评　此词当为清照南渡后的咏梅词作。清照回忆南渡前与梅花有关的一些往事,感慨良深。该词运用了白描、对比等艺术手法,用洗练的文字,不加渲染,不用烘托,质朴自然地勾勒出鲜明的形象。通过伤今追昔,表现出作者深沉的家国之思、悼亡之情、身世飘零之感。

赏 析 今·王延梯、胡景西：这首词在艺术上颇具特色。从章法上看，词人摄取了三个不同时期的赏梅片段，从早年，经中年，至暮年，次序井然不紊。但三层写来又非平叙。早年是"常插梅花醉"，中年是"接尽梅花无好意"，晚年是"难看梅花"。这一"醉"，一"接"，一"难"，使词意一转再转，跌宕生姿。另外，词的对比衬托手法也很突出。上片以往年梅花开放时节两次赏梅的不同心情作对比，而上片的两次赏梅又有力地衬托了下片的难以赏梅，从而深化了主题。（《李清照词鉴赏·赏梅寄忧伤跌宕生多姿》）

今·徐北文："晚来风势"，暗含金兵疯狂进犯之意。"难看梅花"，隐喻着南宋王朝的岌岌可危，人民深陷水火，对南渡前生活的留恋，对丈夫的深情怀念等，都是"以不言言之"。李清照擅长白描手法。如《如梦令·常记溪亭日暮》《浣溪沙·淡荡春光寒食天》等词都是这种艺术手法的词林佳作。易安《清平乐》词对比手法的运用，其艺术效果也是明显的，对主题的表达，起着重要的作用。

宋　朱绍宗　《菊丛飞蝶图》

蝶恋花

泪湿罗衣脂粉满,

四叠阳关,
①

唱到千千遍。

人道山长山又断,

萧萧微雨闻孤馆。

惜别伤离方寸乱,
　　　　②

忘了临行,

酒盏深和浅。

好把音书凭过雁,

东莱不似蓬莱远。
 ③　　　④

① 阳关:曲调名。又名《渭城曲》。唐王维《送元二使安西》诗:"渭城朝雨浥轻尘,客舍青青柳色新。劝君更尽一杯酒,西出阳关无故人。"后入乐府,以为送别曲,反复诵唱,谓之《阳关三叠》。"四叠阳关",大意是把《渭城曲》唱了一遍又一遍。
② 方寸乱:方寸,指心。方寸乱,是说心绪乱也。
③ 东莱:即莱州,今山东省莱州市。当时赵明诚守莱州。
④ 蓬莱:神话中海上三神山之一。《史记·秦始皇本纪》:"齐人徐市具书言,海中有三神山,名蓬莱、方丈、瀛洲。"

点　评　此篇是宣和三年（1121）清照自青州至莱州途中寄宿昌乐馆所作。构思细腻熨帖，用语又晓畅自然，是典型的李清照的文字风格。

"泪湿罗衣脂粉满"，泪水将面上脂粉冲淌到罗衣上去，是女子的切身体会。此事虽生活常见却未经人道。"忘了临行，酒盏深和浅"的情景亦是如此。二流作家习惯于前人笔墨中讨生活，一流作家才善于撷取生活中的庸言庸行，点土成金，自铸伟词。这正是李清照词作的"看家本领"。

赏　析　今·黄墨谷:《蝶恋花·泪湿征衣脂粉满》是一首开阖纵横的小令,王维的"劝君更尽一杯酒,西出阳关无故人",到了她的笔下变成"四叠阳关,唱到千千遍"的激情,极夸张,却极亲切真挚。通过写惜别心情是一层比一层深入,但煞拍"好把音书凭过雁,东莱不似蓬莱远",出人意外地而作宽解语,能放能淡。所谓善言情者不尽情。令词能够运用这种变化莫测的笔法是很不容易的。(《重辑李清照集》)

北宋　赵昌　《写生蛱蝶图》

蝶恋花

暖雨晴风初破冻,

柳眼梅腮,
①

已觉春心动。
②

酒意诗情谁与共?

泪融残粉花钿重。
③

乍试夹衫金缕缝,

山枕斜欹,
④　⑤

枕损钗头凤。
⑥

独抱浓愁无好梦,

夜阑犹剪灯花弄。
⑦　　⑧

① 柳眼:初生的柳叶,细长如人睡眼初展,故称柳眼。梅腮:指花蕾外层的梅花瓣。一说梅花瓣似美女的香腮,因此称作"梅腮"。
② 春心:此处为双关语,一说柳梅,一说人心。
③ 花钿:钿:金花。多指妇人首饰,如花钿、金钿。
④ 山枕:山形的枕头。
⑤ 欹:倾斜。此处指卧时歪向一侧。
⑥ 钗头凤:钗是古代妇女的一种首饰。钗做成凤凰形的,即叫"凤凰钗"或"凤钗"。钗上的凤便叫"钗头凤"。
⑦ 夜阑:夜残,夜将尽时,指夜深。
⑧ 灯花:灯芯的余烬,爆成花形,故名。古代人常以灯花作为吉兆。

点　评　　大地春回，万物复苏，冻结了的春心（生命力）萌动了。"柳眼梅腮"是以物拟人，抑或是以人拟物？"已觉春心动"，是梅柳，还是主人？形象叠印移换，语涉双关，令人目摇神夺。

细节描写，善于用"特写镜头"来表现。明代徐士俊所评："此媛手不愁无香韵。近言远，小言至。"古人于四百年前已悟出拉近与推开的描绘手法的活用，犹如当今影视拍摄的镜头运用，其实李清照于八百多年以前已经用笔实践过了。

"独抱浓愁无好梦，夜阑犹剪灯花弄。"情态写得逼真，构图也很优美，真所谓"此媛手不愁无香韵"也。

赏 析 明·徐士俊：此媛手不愁无香韵。近言远，小言至。（《古今词统》）

清·贺裳：写景之工者，如伊鹗"尽日醉寻春，归来月满身"，李重光"酒恶时拈花蕊嗅"，李易安"独抱浓愁无好梦，夜阑犹剪灯花弄"，刘潜夫"贪与萧郎眉语，不知舞错伊州"，皆入神之句。（《皱水轩词筌》）

今·张璋：如《蝶恋花》先以"暖雨晴风初破冻，柳眼梅腮，已觉春心动"来写心情的喜悦；接着又以"酒意诗情谁与共？泪融残粉花钿重"来写诗情酒意没人相伴而引起悲伤落泪。这种以喜衬悲而愈觉悲的写法，比直写感人更深。（《谈李清照的词学成就》）

明　仇英　《清明上河图》（局部）

129

南宋　佚名　《青枫巨蝶图》

蝶恋花

永夜厌厌欢意少。
①
空梦长安,
②
认取长安道。
③
为报今年春色好,
花光月影宜相照。

随意杯盘虽草草。
④
酒美梅酸,
恰称人怀抱。
⑤
醉莫插花花莫笑,
可怜春似人将老。
⑥

① 永夜:漫漫长夜。厌厌:安静,久也。《诗经·小雅·湛露》:"厌厌夜饮,不醉无归。"唐李商隐《楚宫》词:"秋河不动夜厌厌。"
② 长安:即今陕西省西安市,是汉唐的都城。后人多用作首都的代名,此词借指北宋国都汴京。
③ 认取:认得。
④ 草草:简陋。杯盘草草,是指酒食简单、不丰盛。宋王安石《示长安君》诗:"草草杯盘供笑语,昏昏灯火话平生。"
⑤ 称人怀抱:合人心意。
⑥ 宋人头上插花,以取欢庆,尤其节日。而人老插花,花似笑人之老矣。更可叹的是春日又如人,也将老去而时日无多矣。末二句意婉而曲,耐人寻味。

点　评　从"空梦长安""春似人将老"的句意推测,本篇可能是清照晚年流亡江南所作。

《花草粹编》题为《上巳召亲族》。上巳为古代节日,汉以前,上巳必取巳日,但不必三月初三;自魏以后,一般习用三月初三,但不定为巳日。上巳节是欢快的,与亲族相聚亦是惬意的,虽然"为报今年春色好",但是她却"欢意少"。两相对照,反差愈大,心情愈痛切。

这首词细致地写出了每逢佳节倍思"乡"的况味,这滋味又被作者以"酒美梅酸"的比喻恰当地体现出来。

赏　析

今·李长之：长安在这里就是故国的代表，"空梦长安，认取长安道"表现出她对于不能收复失地是多么焦急，也表现出她对于故国是怎样像屈原那样的"魂一夕而九逝"呵。（《中国文学史略稿》）

今·周振甫：这首词，是李清照阴历三月三日上巳节宴会亲族时作的，是哪一年写的已无可考。从"人将老"看，当是婚后作品。从召集亲族宴会，赞美"春色好"看，该在北宋没有覆亡时作。从"空梦长安"看，赵明诚当在京里做官，所以要梦长安了。（《李清照词鉴赏·空梦长安花莫笑》）

元　朱叔重　《春塘柳色轴》

一剪梅

红藕香残玉簟秋，

轻解罗裳，

独上兰舟。

云中谁寄锦书来？

雁字回时，

月满西楼。

花自飘零水自流，

一种相思，

两处闲愁。

① 簟（diàn）：竹席。玉簟：指光泽如玉的竹席。
② 裳（cháng）：古称裙为裳，男女都可以穿。
③ 兰舟：即木兰舟。明李时珍《本草纲目》说："木兰枝叶俱疏，其花内白外紫，亦有四季开者，深山生者尤大，可以为舟。""兰舟"或"木兰舟"不一定就是木兰树制造的，诗人以之为舟的美称。
④ 锦书：相传前秦秦州刺史窦滔被徙流沙，其妻苏蕙思念他，织锦为回文璇玑图诗寄给丈夫，可以循环读之，词甚凄婉，共840字。后世用以称妻寄夫之书信。
⑤ 雁字：雁在空中飞时，常常排成行，像"人"字或"一"字形，故称"雁字"。古代相传鸿雁能传书。故此词上句说寄书，下句言"雁字"。
⑥ 西楼：指思念者的居所。五代夏宝松《宿江城》："雁飞南浦砧初断，月满西楼酒半醒。"
⑦ 一种相思，两处闲愁：是说双方都在为相思愁苦，古词有"一种相思两地愁"句。

此情无计可消除,

才下眉头,

却上心头。
　　⑧

⑧ 这两句是说:眉头刚刚舒展,心中又涌上愁思。

点　评　本词语言流畅活泼，如小河流水极清澈而又动听。全篇四个七言句子，都是用接近口语的文字，吐属自然。如"云中谁寄锦书来""花自飘零水自流"纯是大白话，可又那么严守平仄格律，凛遵不苟，表现能力达到"随心所欲不逾矩"的高度。

赏　析　宋·胡仔：近时妇人能文词者，如赵明诚之妻李易安，长于词，有《漱玉集》三卷行于世。此词颇尽离别之意，当为拈出。(《苕溪渔隐丛话》)

明·李攀龙：(眉批)多情不随雁字去，空教一种上眉头。(评语)惟锦书、雁字，不得将情传去，所以一种相思，眉头心头，在在难消。(《草堂诗余隽》)

明·张丑：易安词稿一纸，乃清秘阁故物也。笔势清真可爱。此词《漱玉集》中亦载，所谓离别曲者耶？卷尾略无题识，仅有点定两字耳。录具于左："红藕香残玉簟秋，轻解罗裳，独上兰舟。云中谁寄锦书来，雁字回时，月满楼。花自飘零水自流，一种相思，两处闲愁。此情无计可消除，才下眉头，却上心头。"(《清河书画舫》)

清·王士禛：俞仲茅小词云："轮到相思没处辞，眉间露一丝。"视易安"才下眉头，却上心头"，可谓此儿善盗矣。然易安亦从范希文"都来此事，眉间心上，无计相回避"语脱胎，李特工耳。(《花草蒙拾》)

清·沈雄：周永年曰：《一剪梅》唯易安作为善。刘后村换头亦用平字，于调未叶。若"云中谁寄锦书来"，与"此情无计可消除"，"来"字、"除"字，不必用韵，似俱出韵。但"雁字回时月满楼"，"楼"字上失一"西"字。刘青田"雁短人遥可奈何"，"楼"上似不必增"西"字。今南曲只以前段作引子，词家复就单调，别名"剪半"。将法曲之被管弦者，渐不可究诘矣。(《古今词话》)

清·况周颐：玉梅词隐云：易安精研宫律，所作何至出韵。周美成倚声传家，为南北宋关键，其《一剪梅》第四句均不用韵，讵皆出韵耶？窃谓《一剪梅》调当以第四句不用韵一体为最早，晚近作者，好为靡靡之音，徒事和畅，乃添入此叶耳。(《漱玉词笺》)

今·胡云翼：在李易安作品里面，显然划成这一条鸿沟，如"怕郎猜道：奴面不如花面好，云鬓斜簪，徒要教郎比并看""眼波才动被人猜"是何等的妖艳！而"物是人非事事休，欲语泪先流""只恐双溪舴艋舟，载不动许多愁"又何等的凄凉！这是易安词的分野线。(《宋词研究》)

今·《中国文学史》：《一剪梅》写少妇在丈夫离家后的相思之忧，十分熨贴细腻，坦率深挚。像这样敢于摆脱世俗舆论的束缚，而热情地、健康地倾吐着想念丈夫的真心话的作品，无疑是具有一定进步意义的。(北大一九五五级集体编写)

今·周笃文：这是旖旎的、心心相印的、无计排遣的爱情之剖白。愁吗？是的，这是蜜一样的清愁啊！在那女性要求普遍遭到压制的时代，能这样大胆地讴歌自己的爱情，毫不扭捏，没有病态成分，尤其显得可贵。(《宋词》)

清 冷枚 《雪艳图》

渔家傲

雪里已知春信至，

寒梅点缀琼枝腻。①

香脸半开娇旖旎，② ③

当庭际，

玉人浴出新妆洗。④

造化可能偏有意，⑤

故教明月玲珑地。⑥

共赏金尊沉绿蚁，⑦ ⑧

莫辞醉，

此花不与群花比。

① 琼枝：像美玉制成的枝条。李煜《破阵子》："凤阁龙楼连霄汉，玉树琼枝作烟罗。"腻：光洁细腻之意。唐郭震《莲花》："脸腻香薰似有情，世间何物比轻盈。"
② 香脸：指女人敷着胭脂散发香味的面颊，用以比拟散发芳香的花朵。宋王诜《烛影摇红》："香脸轻匀，黛眉巧画宫妆浅。"
③ 旖旎(yǐ nǐ)：柔美妩媚之意。
④ 玉人：美人。唐杜牧《寄扬州韩绰判官》："二十四桥明月夜，玉人何处教吹箫。"
⑤ 造化：指大自然。唐薛涛《朱槿花》："造化大都排比巧，衣服色泽总薰薰。"
⑥ 玲珑：清晰明亮。唐李白《玉阶怨》："却下水晶帘，玲珑望秋月。"
⑦ 金尊：珍贵的酒杯。
⑧ 绿蚁：本来指古代酿酒时上面浮的碎屑沫子，也叫浮蚁，后来衍为酒的代称。

点　评　此词当为李清照南渡前所作，是首咏梅词。梅花是作者自我形象的缩影，深有寄托，她借咏梅歌颂自己的婚姻爱情，拟人手法运用卓妙，将梅花写得形神俱似，亦花亦人，浑然一体。

赏 析　今·徐北文：这首词，通过咏梅写出梅花的高标逸韵，这也是作者借梅以自况。宋·林逋诗云："天与清香似有私"（《梅花》），自然给予梅花以清香，好像老天对梅花别有恩泽。盖为易安词下阕"造化可能偏有意，故教明月玲珑地"之本。李清照此词是有寄托的，"造化"两句，是说造化偏偏让明月分辉，花月相照，花好月圆。这使我们自然联想到赵明诚、李清照的美满的夫妻生活。

此词在艺术上的另一特色，是拟人手法的卓妙，将梅花写得形神俱似，亦花亦人。梅花有一副令人陶醉的"香脸"；她有令人倾倒的"娇旖旎"的情态；梅花犹如"玉人浴出新妆洗"一般的高雅芳洁，一尘不染。

宋·梅圣俞云："诗有内外意，内意欲尽其理，外意欲尽其像，内外意含蓄，方人诗格"（《金针诗格》），词也亦然。此词外意是写梅花，内意是写人，亦花亦人，浑然一体。妙在"有寄托入，无寄托出"。

北宋 赵佶 《溪山秋色图》

渔家傲

天接云涛连晓雾，

星河欲转千帆舞。
　①
仿佛梦魂归帝所，
　　　　　②
闻天语，
　③
殷勤问我归何处。

我报路长嗟日暮，
　④
学诗谩有惊人句。
　⑤
九万里风鹏正举。

风休住，

蓬舟吹取三山去。
　　　　　⑥

① 星河：天河，银河。
② 帝所：天帝居住的地方。
③ 闻天语：听见天帝的话语。
④ 报：回答。路长：喻人生的道路悠长。嗟：慨叹。嗟日暮，犹言慨叹自己求索未得而时光已逝。
⑤ 谩：徒然。宋王安石《桂枝香》："千古凭高对此，谩嗟荣辱。"
⑥ 蓬舟，即帆船。三山：古代神话中的三座神山，或称"三神山""三岛"。《史记·封禅书》："自威、宣、燕昭，使人入海求蓬莱、方丈、瀛洲。此三神山者，其传在渤海中，去人不远，患且至，则船风引而去。"吹取：或作"吹往"。"取"为齐鲁方言，言选取什么道路。

点　评　　诗人想象自己到了天宫，受到天帝的款待。早在《楚辞》中就有类似的题材。嫁名为屈原的《远游》就写的是遨游天宇，但它只是把《离骚》中后半部分情节予以生发扩充。李清照则是把这一古诗常用题材，第一个引进到曲子词中，作新的尝试。

　　海上三神山是齐地居民世代传袭的憧憬，大九州的学说是齐国思想家邹衍的创造，李清照是齐地的女儿，脂粉之下透出豪侠之气，喷涌的趵突泉永远是和广阔大海相通的。她写出这种作品来，不是偶然的。

赏　析　清·黄蓼园：此似不甚经意之作，却浑成大雅，无一毫钗粉气，自是北宋风格。(《蓼园词选》)

清·梁启超：此绝似苏辛派，不类《漱玉集》中语。(《艺衡馆词选》)

今·夏承焘：这首词中就充分表示她对自由的渴望，对光明的追求。但这种愿望在她生活的时代的现实生活中是不可能实现的，因此她只有把这寄托于梦中虚无缥缈的神仙境界，在这境界中寻求出路。然而在那个时代，一个女子不安于社会给她安排的命运，大胆地提出冲破束缚、向往自由的要求，确实是很难得的。在历史上，在封建社会的妇女群中是很少见的。

清　钱维城　《万有同春图》（局部）

减字木兰花

卖花担上，

买得一枝春欲放。①

泪染轻匀，②

犹带彤霞晓露痕。③

怕郎猜道，

奴面不如花面好。

云鬓斜簪，④

徒要教郎比并看。⑤　⑥

① 一枝春欲放：南朝陆凯《赠范晔》："折梅逢驿使……聊赠一枝春"，诗人遂以"一枝春"指代梅花。宋黄庭坚《刘邦直送早梅水仙花》："欲问江南近消息，喜君贻我一枝春。"此指买得一枝将要开放的梅花。

② 泪染：眼泪濡湿，这里指露水浸染之意。明邹迪光《美人早起》："立沾罗袜花间露，薄染香奁镜里云。"染，四印斋本《漱玉词》作"点"。

③ 彤霞：红色彩霞。这里指梅花之色彩。

④ 簪：名词作动词，即插于发中。宋苏轼《吉祥寺赏牡丹》："人老簪花不自羞，花应羞上老人头。"

⑤ 徒：只。李白《赠孟浩然》："高山安可仰，徒此揖清芬。"

⑥ 比并：放在一起比较。敦煌词《苏幕遮》："莫把潘安，才貌相比并。"

点　评　此词当是李清照年轻时所作,表现女主人对春花的喜爱,以及对容貌美及爱情的追求。人面欲与花面争艳,语气娇憨,是作者婚后幸福生活的写照。该词运用心理描写、拟人等手法,语言活泼、清新。

赏　析　今·梁乙真：易安因生活环境之变易，故所作词亦随而异其色彩。四十六岁以前之词决不同于晚年之凄凉颓废也。观上词"如今憔悴，风鬟雾鬓"之语句，何等衰飒，回忆少女之生活"怕郎猜道，奴面不如花面好。云鬟斜簪，徒要教郎比并看"。将不胜"人生几何"之感矣！（《中国妇女文学史纲》）

今·侯健、吕智敏：统观全篇，笔法虚实相映，直接写花处即间接写人处，直接写人处即间接写花处；春花即是少女，少女即是春花，两个艺术形象融成了一体。

南宋　佚名　《七夕乞巧图》（局部）

行香子

草际鸣蛩,

惊落梧桐,

正人间天上愁浓。

云阶月地,

关锁千重。

纵浮槎来,

浮槎去,

不相逢。

① 蛩(qióng):蟋蟀。蟋蟀立秋后始鸣,人称"秋虫",是秋天的信号。
② 云阶月地:以云为阶,以月为地,指天上。唐杜牧《七夕》诗:"云阶月地一相过,未抵经年别恨多。"
③ 浮槎(chá):槎,木筏。

星桥鹊驾,
④

经年才见,

想离情别恨难穷。

牵牛织女,
⑤

莫是离中。

甚霎儿晴,
⑥

霎儿雨,

霎儿风?

④ 星桥鹊驾:星桥,银河之桥,即神话中的鹊桥。传说每年农历七月七日晚,喜鹊联翅架桥,使牛郎、织女渡过银河相会。唐李商隐《七夕》诗:"鸾扇斜分凤幄开,星桥横过鹊飞回。"

⑤ 牵牛织女:牵牛,星名,俗称牛郎星,在天鹰座。织女,星名,在银河西,与河东牵牛星相对,属天琴座。

⑥ 霎(shà)儿:一会儿,齐鲁方言。

点　评　七夕,是中华女儿节,也是情人节。早在汉代闺中即于七夕和每月十九日相会。特别是七夕,牛郎织女每年鹊桥相会的神话,更能使征夫、思妇惆怅不已。天气的阴晴,影响到人的情绪,诗歌中的阴云浓雾往往是忧愁的象征。七夕若逢阴雨,人们会担心云横鹊桥、雾迷津渡,生怕有情人不相逢。此篇正为七夕恰逢多云阵雨的天气而发。

本篇联想灵动,构思精巧,尤其是下片的语言呖呖动听,酷肖女孩的话声。这种风格只有在女作家中才能出现,女作家中只有李清照才能表现得好,这是她的代表作。

赏　析　清·况周颐《问蘉庐随笔》云：辛稼轩《三山作》："放霎时阴，霎时雨，霎时晴。"脱胎李易安语也。(《漱玉词笺》)

今·徐北文：李清照《行香子》词，以牛女故事为寄托，表现她对离家远行的丈夫的深情怀念。上阕写秋夕人间天上愁浓，相逢之艰难；下阕写"七夕"牛女的欢会，寄予无限同情。

寄托，是此词的主要艺术特色，写离情别绪而不直陈，通过"七夕"牛女相会的神话故事婉转曲达。

此词在写"天上愁浓"之前看"人间"一词，这一笔极为精彩。这一笔既轻又重。言其轻者，落墨少而淡，只轻微一点即收住，全词余处不着"人"事；言其重者，二字起揭示题旨的重要作用，是全词的关捩。没有它，词旨则变为颂歌牛女爱情的忠贞了。

易安写离别情绪的《一剪梅》《念奴娇》《醉花阴》《凤凰台上忆吹箫》等词，皆为词林上品，艺苑芳葩，为古今人所称道。《行香子》也是写离情别绪的，写法独具匠心，其美学价值绝不在其他篇章之下。

清　沈铨　《松梅双鹤图》

孤雁儿

> 世人作梅词，下笔便俗。予试作一篇，乃知前言不妄耳

藤床纸帐朝眠起，①

说不尽无佳思。

沉香断续玉炉寒，②

伴我情怀如水。

笛声三弄，③

梅心惊破，

多少春情意。

小风疏雨萧萧地，

又催下千行泪。

① 藤床：用藤条编制成的床。
② 沉香：一种香料的名字，以沉香木的木材与树脂制成。其黑色芳香、脂膏凝结为块，入水能沉，故名"沉香"，也叫"沉水"。
③ 笛声三弄：汉朝有笛中曲叫《梅花落》，因有三叠，故称"梅花三弄"。

吹箫人去玉楼空,
④

肠断与谁同倚?
⑤

一枝折得,
⑥

人间天上,

没个人堪寄。

④ 玉楼空:"玉"字为楼的美称。唐李商隐《代应》诗:"离鸾别凤今何在,十二玉楼空更空。"
⑤ 肠断:形容悲痛之极。唐王建《调笑令》:"肠断、肠断,鹧鸪夜飞失伴。"
⑥ 一枝折得:是谓折了一枝梅花。折花(梅)相赠或寄远,是中国古代的一种风尚,用以表示对挚友的慰藉和浓厚情谊。

点　评　本篇借梅花兴发,以寄怀人之思。

上片前四句,是诗人运用白描的手法,玉炉香残生寒,伴她情怀如水,比拟得妙,描绘出一幅幽怨情调的画面。

然而自第五句以后,连用"三弄""吹箫人去"等典故,不免堆累、雷同。诗人颇有自知之明,附记云:"世人作梅词,下笔便俗。予试作一篇,乃知前言不妄耳",自己仍然不能脱俗。

赏　析　今·侯健、吕智敏：这是一首悼亡之作，约写于建炎三年（1129）赵明诚逝世后。序中说明这是一首咏梅词，实际上既没有直接描绘梅的色、香、姿，也没有去歌颂梅的品性，而是把梅作为作者个人悲欢的见证者。从表达上看，是把梅作为全词的线索，着力描写了丈夫去世后自己清冷孤寂的生活和凄凉悲绝的心情。（《李清照诗词评注》）

今·徐北文：此词层层布景，如层峦叠嶂，景景呈新；借景抒情，情随景迁，景景生悲。"藤床纸帐朝眠起（景），说不尽无佳思（情）""沉香断续玉炉寒（景），伴我情怀如水（情）""小风疏雨萧萧地（景），又催下千行泪（情）"，"吹箫人去玉楼空（景），肠断与谁同倚（情）"，每层均前景后情，借景抒情，情随景迁，景景生哀。此词在局法上与其《念奴娇·萧条庭院》下片颇似，说明易安艺术技巧的高超娴熟，构局的精工佳绝，虽几经更景，自有一气卷舒之妙。

"吹箫人去，玉楼空"。把明诚的逝世及自己悲痛的心情，用箫史、弄玉的爱情神话故事委婉出之，运实于虚，切当自然，超逸蕴藉。结句："一枝折得，人间天上，没个人堪寄"，乍看似乎没有用典，实际上化用南朝陆凯寄一枝梅花给范晔的故事，足见易安用典融化不涩，不着痕迹，笔力非常人可比。此词巧妙灵活地运用多种艺术手法，实属词林佳品。

清　冯箕　《仕女四屏图·寒香疏影》

凤凰台上忆吹箫

香冷金猊,
①

被翻红浪,
②

起来慵自梳头。

任宝奁尘满,
③

日上帘钩。
④

生怕离怀别苦,
⑤

多少事、欲说还休。

新来瘦,

非干病酒,
⑥

不是悲秋。
⑦

① 香冷:指香料已经燃尽。金猊(ní):香炉,涂金为猊(即狮子)形,燃香于其腹中,香烟自口出。
② 这句是说:红锦被乱摊在床上,状似"红浪"。用以表示女主人公的懒散心情。
③ 宝奁(lián):精美、华贵的梳妆镜匣。
④ 帘钩:挂帘的钩。
⑤ 生:是副词,加重语气。齐鲁方言。
⑥ 病酒:因酒而病,是说饮酒沉醉如病。唐李商隐《寄罗劭兴》诗:"人闲微病酒。"
⑦ 悲秋:是说人因秋天来了而悲愁。唐杜甫《登高》诗:"万里悲秋常作客,百年多病独登台。"

休休!⑧

这回去也,

千万遍阳关⑨,

也则难留。

念武陵人远,

烟锁秦楼。

唯有楼前流水,

应念我、终日凝眸。

凝眸处,

从今又添,

一段新愁。

⑧ 休休:仿佛现代汉语的"罢了,罢了"。
⑨ 阳关:此处为地名,阳关在沙州寿昌县西三公里(在今甘肃省敦煌市西南)。阳关有时还指曲调名,送别曲。

点　评　此词当是易安年轻时的作品。本词的口吻,不是以第三人称向读者介绍;虽是第一人称,却不是某一妇女向读者表述,而是作者塑造的特定人物直接面向其爱人的倾诉。

诗人笔下的少妇,不只会"呢呢儿女语",也表现出一定的文化教养——书卷气。下片随口说出的"武陵人远,烟锁秦楼"的典故,以及适度地运用了"云遮视线",却说"烟锁秦楼",不说想寄情流水,却说流水"应念我",这种书面文字习用的烘托表情、借物见意的手法,都隐隐证实了她的身份。

赏　析　明·杨慎:"欲说还休"与"怕伤郎,又还休道"同意。端的为著甚的?(《草堂诗余》)

明·李攀龙:(眉批)非病酒,不悲秋,都为苦别瘦。又,水无情于人,人却有情于水。(评语)写出一种临别心神,而新瘦新愁,真如秦女楼头,声声有和鸣之奏。(《草堂诗余隽》)

明·沈际飞:懒说出,妙。瘦为甚的,尤妙。"千万遍",痛甚。转转折折,忤合万状。清风朗月,陡化为楚雨巫云;阿阁洞房,并变成离亭别墅,至文也。(《草堂诗余正集》)

清·陈廷焯:此种笔墨,不减耆卿、叔原,而清俊疏朗过之。"新来瘦"三语,婉转曲折,煞是妙绝。笔致绝佳,余韵尤胜。(《云韶集》)

今·夏承焘、盛静霞:上片不说离愁,却说生怕离愁;不说因离愁而消瘦,却说不关病酒和悲秋。下片不说云遮视线,却说烟锁秦楼;不说想寄情流水,却说流水应念我,都是深一层写法。(《唐宋词选》)

今·唐圭璋:此首述别情,哀伤殊甚。起三句,言朝起之懒。"任宝奁"句,言朝起之迟。"生怕"二句,点明离别之苦,疏通上文;"欲说还休",含凄无限。"新来瘦"三句,申言别苦,较病酒悲秋为尤苦。换头,叹人去难留。"念武陵"四句,叹人去楼空,言水念人,情意极厚。末句,补足上文,余韵更隽永。(《唐宋词简释》)

清　邹一桂　《花卉八开·水仙》

小重山

春到长门春草青,①

江梅些子破,②

未开匀。

碧云笼碾玉成尘,③

留晓梦,

惊破一瓯春。④

① 长门:西汉宫殿名,在诗词中往往代表冷宫之意。
② 些子:一些。
③ 碧云笼:平时装茶的笼子。笼:《花草粹编》等作"龙"。碧云:指茶叶之色。碾玉:即碾茶。北宋黄庭坚《催公静碾茶》:"睡魔正仰茶料理,急遣溪童碾玉尘。"
④ 一瓯(ōu)春。瓯:饮料容器。春:指茶。北宋黄庭坚《踏莎行》:"碾破春风,香凝午帐",其中的"春",即指茶。"春",《历代诗余》作"云"。

花影压重门,

疏帘铺淡月,

好黄昏。

二年三度负东君,
⑤

归来也,

著意过今春。

⑤ 东君:原指日神,见宋洪兴祖《楚辞补注》,后人则指代为司春之神。唐白居易《送刘道士》:"斋心谒西母,暝拜朝东君。"

点　评　此词当为易安南渡前的作品,写女主人早春思念丈夫,盼望丈夫早日归来共度今春的迫切心情。上片含蓄,下片直率,相映成趣。情景相间,以景托情。意境开朗,感情真朴。与易安写离情别绪的词相比,迥异其趣。

赏　析　清·况周颐:《问蘧庐随笔》云：荆公《桂枝香》作名世，张东泽用易安"疏帘淡月"语填一阕，即改《桂枝香》为《疏帘淡月》。(《漱玉词笺》)

今·徐北文：上片写春到人间，春草青青，红梅开绽的早春景象及对丈夫的思念。下片写早春黄昏庭院中的美好景象及盼望丈夫归来的急切心情。上下片分开看，各是先景后情。纵观全词，情景相间，以景托情。

该词格调欢快，意境开朗，色彩鲜明，感情真朴，生活色彩浓厚，字里行间流露出苦心孤诣，孜孜追求的愿望即将要实现的那种喜悦的情绪。与李清照那些写离愁别苦的词相比，格调迥异。

唐　周昉　《簪花仕女图》

173

声声慢

寻寻觅觅,
①

冷冷清清,

凄凄惨惨戚戚。

乍暖还寒时候,
②

最难将息。
③

三杯两盏淡酒,
④

怎敌他、

晚来风急!

雁过也,

正伤心,

① 寻寻觅觅:是说如有所失,想把它找回来似的。表示心神不定。
② 乍暖句:天气忽然回暖,一会儿又归于寒冷的时候。
③ 将息:唐宋时方言,养、休息、养息之意。唐王建《留别张广文》诗:"千万求方好将息,杏花寒食约同行。"
④ 盏:小杯。

却是旧时相识。

满地黄花堆积，

憔悴损，
⑤

如今有谁堪摘？
⑥

守着窗儿，

独自怎生得黑！
⑦

梧桐更兼细雨，

到黄昏、

点点滴滴。

这次第，
⑧

怎一个愁字了得！

⑤ 憔悴：瘦弱萎靡貌。
⑥ 堪摘：一作"忺摘"。
⑦ 怎生：怎么，怎样。
⑧ 这次第：张相《诗词曲语辞汇释》卷四："犹言这情形或这光景也。"与现代汉语"这当儿"词更贴近。

点　评　这是李清照创作中最令人瞩目的一篇,中国诗歌史上的冠世名篇。清照此词单以修辞造语的新颖优美而言,也可称为千古绝调。她使用这些语言创造了一个特定的艺术境界,其刻画入微的心理活动,清幽凄婉的景物氛围,以及语言声调的美感,达到了统一和谐、生动优美的水平。特别是本词对人物意念的波动、情绪的缠绕,以及其徘徊寻觅、雨窗独坐等动作的撷取描绘,其形象的鲜明,其语言的明白而又婉转,其生活气息的浓厚,传统文学中,只有在明清小说中才能达到如此境地,而李清照却在词作这一格律严密的特定诗体中首先达到了。

赏　析　宋·张端义：炼句精巧则易，平淡入调者难。且《秋词·声声慢》"寻寻觅觅，冷冷清清，凄凄惨惨戚戚"，此乃公孙大娘舞剑手。本朝非无能词之士，未曾有一下十四叠字者，用《文选》诸赋格。后叠又云："梧桐更兼细雨，到黄昏、点点滴滴。"又使叠字，俱无斧凿痕。更有一奇字云："守着窗儿，独自怎生得黑。""黑"字不许第二人押。妇人中有此文笔，殆间气也。(《贵耳集》)

清·彭孙遹：李易安"被冷香消新梦觉，不许愁不起"，"守着窗儿，独自怎生得黑"，皆用浅俗之语，发清新之思，词意并工，闺情绝调。(《金粟词话》)

今·胡云翼：前面连用"寻寻、觅觅，冷冷、清清，凄凄、惨惨、戚戚"十四叠字，后面又用"梧桐更兼细雨，到黄昏点点滴滴"，真是大珠小珠落玉盘，运辞之技巧，描写之真切，已经极艺术之能事的极限了。(《宋词研究》)

庆清朝慢

禁幄低张,①

雕栏巧护,

就中独占残春。

容华淡伫,②

绰约俱见天真。③

待得群花过后,

一番风露晓妆新。

妖娆艳态,④

妒风笑月,

长殢东君。⑤

① 禁幄：即密张之幄。幄，篷帐，帷幕。
② 容华：容貌。
③ 绰约：一作"淖约"，柔弱，容态善美。《庄子·逍遥游》："藐姑射之山，有神居焉。肌肤若冰雪，淖约若处子。"
④ 妖娆：娇艳妩媚。
⑤ 殢(tì)：纠缠不清之意。东君：此处是指司春之神。唐成彦雄《柳枝词》："东君爱惜与先春，草泽无人处也新。"

东城边,

南陌上,

正日烘池馆,

竞走香轮。⑥

绮筵散日,⑦

谁人可继芳尘?⑧

更好明光宫殿,⑨

几枝先近日边匀,⑩

金尊倒,

拚了尽烛,⑪

不管黄昏。

⑥ 香轮:香车,泛指游人的车马。
⑦ 绮筵:华贵盛大的筵席。绮:华丽,美盛。
⑧ 芳尘:尘。芳,美称。晋陆云《喜霁赋》:"戢流波于桂水兮,起芳尘于沈泥。"
⑨ 明光宫殿:汉朝有明光宫又有明光殿,后世一般以"明光宫殿"指皇宫。
⑩ 几枝句:字面意思说几枝芍药挨向日边,开得多么整齐!古人常以日为君王之像,日边,又可指皇帝身边。所以,本句又可理解为芍药得到君王的赏识,与词的开头"禁幄低张"相应。匀:匀称。
⑪ 拚(pàn)了:齐鲁方言,拚了,即舍得,搭上。

点　评　本篇是咏芍药花的。按咏物诗词的传统，一般不在篇中正面点出该物的名字，只在其形状、性质、用途以及有关典故诸方面描绘形容，宛如一则字面漂亮的谜语。

全篇写得绮丽华美，与芍药的花形风格十分相配。表面写得富丽华贵、雍容大雅，但却含蓄着对高层在国事危亡之际的奢侈浪费作风的不满。

清　恽寿平　《山水花卉八开·芍药》

赏　析　今·岳国钧：这是一首咏芍药的词，作者把芍药的生长环境写在御花园中，是有明显用意的。她笔下的芍药，格调虽然不高，但却"独占残春"，赢得君王的宠爱和看花者的追慕，显极一时。这种写法，跟刘禹锡用玄都观里的桃花来影射朝中新贵的手法一样，是用芍药来影射北宋末年的官僚贵族。(《李清照研究论文集·略论李清照的词》)

今·徐北文：此词上片写各色牡丹的绰约妖娆及人们对其分外珍惜和爱护，下片写人们白日夜晚竞赏牡丹的盛况及兴高采烈的情致。刘熙载云："山之精神写不出，以烟霞写之；春之精神写不出，以草木写之"(《艺概·词概》)。下片作者极力渲染人们纷至沓来，驱动香轮，昼夜激赏牡丹，这是烘云托月的写法。以万人空巷观赏牡丹的盛况，衬托花中之王卓异的自然美和超拔的魅力。此词咏牡丹，又不露"牡丹"，不离不露，耐人玩味。文笔空灵，有一气浑成之妙。

清 佚名 《十二月月令图·一月》

永遇乐

落日熔金,
①
暮云合璧,
②
人在何处。

染柳烟浓,

吹梅笛怨,

春意知几许。

元宵佳节,

融和天气,

次第岂无风雨。

来相召,

香车宝马,
③

① 熔金:形容落日像熔化的黄金那样光辉耀眼。
② 暮云句:暮云弥漫,如玉璧那样整合无痕。
③ 香车宝马:装饰华美的车马。唐王维《同比部杨员外十五夜游有怀静者季》诗:"香车宝马共喧阗,个里多情侠少年。"

谢他酒朋诗侣。

中州盛日,

闺门多暇,

记得偏重三五。

铺翠冠儿,

捻金雪柳,

簇带争济楚。

如今憔悴,

风鬟雾鬓,

怕见夜间出去。

不如向,

帘儿底下,

听人笑语。

④ 中州:今河南省为古豫州地,居九州的中心,故称中州。中州盛日句,指汴京(今河南开封)盛时。
⑤ 三五:一般是指阴历每月十五日,此处指正月十五元宵节。
⑥ 铺翠:盖以翡翠羽毛为妆饰。
⑦ 捻(niǎn)金雪柳:捻金,金线捻丝,以其为饰。雪柳,盖用绢或纸做的花。捻金雪柳:乃在绢或纸之外,另加金线捻丝所制的雪柳,比寻常只以绢、纸做的雪柳更加贵重,也是元宵节时妇女的一种首饰。
⑧ 簇带:宋时方言,即首饰密集,插戴满头的意思。
⑨ 济楚:齐整,美丽。
⑩ 怕见:齐鲁方言,怕得、不乐意。"见"此处为动词的词尾,如"爱见",不作动词讲。

点　评　本词盖作于清照避金兵南下之后，或以为她在江宁（今南京）所作，时其夫任江宁知府。或以为她50岁后在临安（今杭州）时所作，时其夫已死。总之，都是作于国破离乡之后。全词造句遣词都精心安排，其华丽的铺叙正与其下的疑问句形成强烈的对比。下片渐渐用接近口语的句子，构成了宛如家常絮语般亲切委曲的气氛，以诚感人，增强了说服力。

赏　析　宋·张端义：易安居士李氏，赵明诚之妻。《金石录》亦笔削其间。南渡以来，常怀京洛旧事。晚年赋《元宵·永遇乐》词云"落日熔金，暮云合璧"，已自工致。至于"染柳烟轻，吹梅笛怨，春意知几许"，气象更好。后叠云："于今憔悴，风鬟霜鬓，怕见夜间出去。"皆以寻常语度入音律。炼句精巧则易，平淡入调者难。(《贵耳集》)

明·徐士俊：辛词"泛菊杯深，吹梅角暖"，与易安句法同。(《古今词统》)

清·永瑢等：张端义《贵耳集》极推其元宵词《永遇乐》、秋词《声声慢》，以为闺阁有此文笔，殆为间气，良非虚美。虽篇帙无多，固不能不宝而存之，为词家一大宗矣。(《四库全书总目提要》)

今·唐圭璋：实则其《永遇乐》一词，亦富于爱国思想，后来刘辰翁读此词为之泪下，并依其声以清照自喻，可见其感人之深，而二人痛心亡国，怀念故都，先后亦如出一辙。

清　关槐　《洋菊册·蝶翅丛》

多丽

小楼寒，

夜长帘幕低垂。

恨萧萧、
①

无情风雨，

夜来揉损琼肌。
②

也不似、

贵妃醉脸，
③

也不似、

孙寿愁眉。
④

韩令偷香，
⑤

① 萧萧：形容寒冷。
② 琼肌：美如白玉的肌肤，此处代指白菊。
③ 贵妃醉脸：唐李正封《牡丹诗》："国色朝酣酒，天香夜染衣。"时杨妃得宠，唐玄宗笑谓："妆镜台前，宜饮以一紫金盏酒，则正封之诗见矣。"
④ 孙寿愁眉：《后汉书·梁冀传》："妻孙寿，色美而善为妖态，作愁眉、啼妆、堕马髻、折腰步、龋齿笑，以为媚惑。"
⑤ 韩令偷香：贾充女贾午与韩寿（韩令）私通，赠其异香。后贾充得知，以女妻寿。

徐娘傅粉,
⑥

莫将比拟未新奇。
⑦

细看取,

屈平陶令,
⑧

风韵正相宜。

微风起,

清芬醞藉,
⑨

不减酴醾。
⑩

渐秋阑、
⑪

雪清玉瘦,

向人无限依依。

似愁凝、

⑥ 徐娘傅粉:梁元帝徐妃与暨季江私通,季江叹曰:"徐娘虽老,犹尚多情。"傅粉,指面白。
⑦ "莫将"句:此句言,韩令、徐娘的故事并无新奇之处,不要用来比拟菊花。
⑧ 屈平陶令:指屈原与陶渊明。
⑨ 醞藉:宽和有涵容,此处指菊花之香气清淡高雅。
⑩ 酴醾:花名,也作荼蘼,暮春初夏时节开花,花繁香浓。
⑪ "渐秋阑"句:此句言,秋意阑珊,菊花日益清减。

汉皋解佩,⑫

似泪洒、

纨扇题诗。⑬

朗月清风,

浓烟暗雨,

天教憔悴度芳姿。

纵爱惜,

不知从此,

留得几多时?

人情好,

何须更忆,

泽畔东篱。⑭

⑫ 汉皋解佩:相传郑交甫于汉皋台下遇二女,二女解佩相赠,须臾玉佩消失,亦不见二女。

⑬ 纨扇题诗:班婕妤《怨歌行》:"新裂齐纨素,皎洁如霜雪。裁为合欢扇,团团似明月。出入君怀袖,动摇微风发。常恐秋节至,凉风夺炎热。弃捐箧笥中,恩情中道绝。"

⑭ 泽畔东篱:承接上文"屈平陶令"。泽畔:屈原《渔父》:"屈原既放,游于江潭,行吟泽畔,颜色憔悴。"东篱:陶渊明《饮酒》其四:"采菊东篱下,悠然见南山。"

点　评　《乐府雅词》题本词作《咏白菊》。李清照曾多次歌咏菊花，无论是前期的"帘卷西风，人比黄花瘦"，还是后期的"满地黄花堆积，憔悴损，如今有谁堪摘"，词境皆清幽凄婉。本词以菊喻己，抒写性情，同样凄婉动人。作者着重书写菊花之风韵，赞扬菊花不似醉酒的贵妃、妖娆的孙寿、偷香的韩令与多情的徐娘，而是如屈原、陶渊明般清淡高雅。

白菊经受风雨摧残，逐渐"雪清玉瘦"，正如作者身处封建衰世，因特立独行而饱受非议。同时代的王灼曾指责李清照"闾巷荒淫之语，肆意落笔，自古搢绅之家能文妇女，未见如此无顾籍也。"从这个角度讲，本词无疑是一曲追求灵魂自由的绝唱。

赏　析　清·况周颐：李易安《多丽·咏白菊》，前段用贵妃、孙寿、韩椽、徐娘、屈平、陶令若干人物，后段雪清玉瘦、汉皋纨扇、朗月清风、浓烟暗雨许多字面，却不嫌堆垛，赖有清气流行耳。"纵爱惜，不知从此，留得几多时"三句最佳，所谓传神阿堵，一笔凌空，通篇俱活。歇拍不妨更用"泽畔东篱"字。

今·徐北文：从李清照"人比黄花瘦""莫负东篱菊花黄"等词句来看，她是喜爱菊花的，本词就是一首咏菊词。

首两韵表现对白菊的珍爱，感情色彩十分浓厚。次两韵，作者运用两组对偶句，与白菊对比，既是拟人，又是用典，兼用多种艺术手法，赞美白菊"清水出芙蓉，天然去雕琢"的天生丽质、洁白高雅的自然之美。

换头，转写白菊的精神。"雪清"是比喻手法，"玉瘦""向人无限依依"是拟人手法，写白菊冰清玉洁的资质。"似愁凝"二句在写白菊的情态和精神，这也是作者精神气质的反映。"朗月"六句表现了作者无限凄婉怜惜之情。作者以白菊自喻，表明自己禁受不了人世冷暖的变化及种种打击、折磨。

最后用反问句作结，实则是指世态炎凉，人情淡漠。南宋统治者对敌屈膝求和，苟安一隅，奸佞当道，陷害忠良，这与屈平所处的时代有过之而无不及。所以才让人常忆起心志高洁、品德廉正、超拔世俗的屈原和陶潜。

南宋　王岩叟　《梅花诗意图》（局部）

满庭芳

小阁藏春，

闲窗锁昼，

画堂无限深幽。①

篆香烧尽，②

日影下帘钩。③

手种江梅更好，

又何必、

临水登楼？④

无人到，

寂寥浑似，

① "小阁"三句：此三句言，窗子将白昼隔在外面，画廊非常幽深，在阁楼中好似春天一般。
② 篆香：犹盘香。《香谱》卷下云："香篆，镂木为之，以范香尘为篆文，然（燃）于饮席或佛像前，往往有二三尺径者。"
③ "日影"一句：此句言，黄昏将近。帘钩：卷帘所用的钩子。
④ "手种"三句：在江宁已可安顿，不必怀归。江梅：指梅中上品，非泛指江边、水畔之梅。登楼：用东汉王粲登楼望乡典故。

何逊在扬州。
⑤

从来知韵胜，
⑥

难堪雨藉，

不耐风揉。
⑦

更谁家横笛，
⑧

吹动浓愁？

莫恨香消雪减，
⑨

须信道、
⑩

扫迹情留。

难言处，

良宵淡月，

疏影尚风流。
⑪　　⑫

⑤ "何逊"句：何逊，南朝梁代诗人。杜甫《和裴迪登蜀州东亭送客逢早梅相忆见寄》："东阁官梅动诗兴，还如何逊在扬州。"《全芳备祖》卷一《花部·梅花纪要》："梁何逊在扬州法曹，廨舍有梅花一枝，逊吟咏其下。后居洛思梅花，再请其任，从之。抵扬州，花方盛，逊对花彷徨。"

⑥ 韵胜：谓梅花之风韵、风度超越众花。范成大《梅谱·后序》："梅以韵胜，以格高，故以横斜疏瘦，与老枝怪奇者为贵。"

⑦ "难堪"二句：此二句互文，谓梅花不堪风雨践踏挤压。

⑧ 横笛：指笛曲《梅花落》。宋洪皓《江梅引》其三："谁作叫云横短玉，三弄彻，对东风，和泪吹。"

⑨ 香消雪减：指梅花经受风雨摧残，日益清瘦。

⑩ 须信道：唐宋时方言，犹须知道。扫迹：谓梅花香消玉殒，踪迹全无。

⑪ 疏影：林逋《山园小梅》："疏影横斜水清浅，暗香浮动月黄昏。"

⑫ 风流：犹遗风，流风余韵。

点　评　这是一首咏物词,《花草粹编》《历代诗余》《复堂词录》皆题作《残梅》。全词咏梅不落俗套,词旨渊永,寄托遥深,达到了物我合一的境界。上片多对人文意象进行书写,阁小窗闲,堂幽香尽,日薄西山。在词人笔下,本该香艳的闺阁变得逼仄阴暗,一切事物仿佛失去了色彩,映射着作者悲伤寂寥的心境。过片道梅花虽"韵胜"却难以抵抗风雨,笛声撩起词人浓浓愁绪。片刻过后,词人自宽曰:梅花虽因风雨摧残而香消玉殒,它的清韵高格却无法被抹去,将长留人间。结句"良宵淡月,疏影尚风流"进一步强调梅花的高洁,照应过片的"韵胜",别有一番意趣。

赏　析　今·徐北文：此词当为清照南渡前的词作，是首咏梅词。作者将梅放在人物的生活、活动中加以描写和赞颂，把相思与咏梅结合起来，托物言情，寄意遥深。

这首梅词，与李清照《孤雁儿·藤床纸帐朝眠起》一样，具有自己独特的艺术构思，不同于一般的咏梅词。

"小阁"三句，就该词主旨而言，这是侧入。春天来到了人间，春天来到了庭院，春天来到了闺楼。"春"字点明了时节。红窗寂寂，无人光顾。"藏春""锁昼"，好像楼里别有个春天，窗里另有个白昼，并与外面的世界隔绝似的。开始用一个对偶句写出女主人春季整日价关在深闺，孤独凄寂。头三句，通过对楼内深幽环境的描写，暗示出女主人的抑郁惆怅的情怀，并渲染了氛围。

结句，"难言处"一顿，摇曳生枝，唤出下面两句。结句清俊，振作全篇。难以用语言表达的地方，虽然是香消雪减，但是在美好的夜晚，清淡的月光照耀着稀疏的梅影，它还是很有风韵情致的。言外之意，尽管自己受到离情别苦的折磨，魂销肠断，但是依旧别有风韵，表现了作者芳洁自爱的品质。

用了大量的虚词："更""又""何必""从来""莫""须""尚"等呼应传神，转折达意，跌宕多姿，是此词在艺术表现方面的另一特色。易安咏梅，不落窠臼，在写法上别出机杼，说明她在艺术上富有创新的精神。

五代十国 周文矩 《仙姬文会图》（局部）

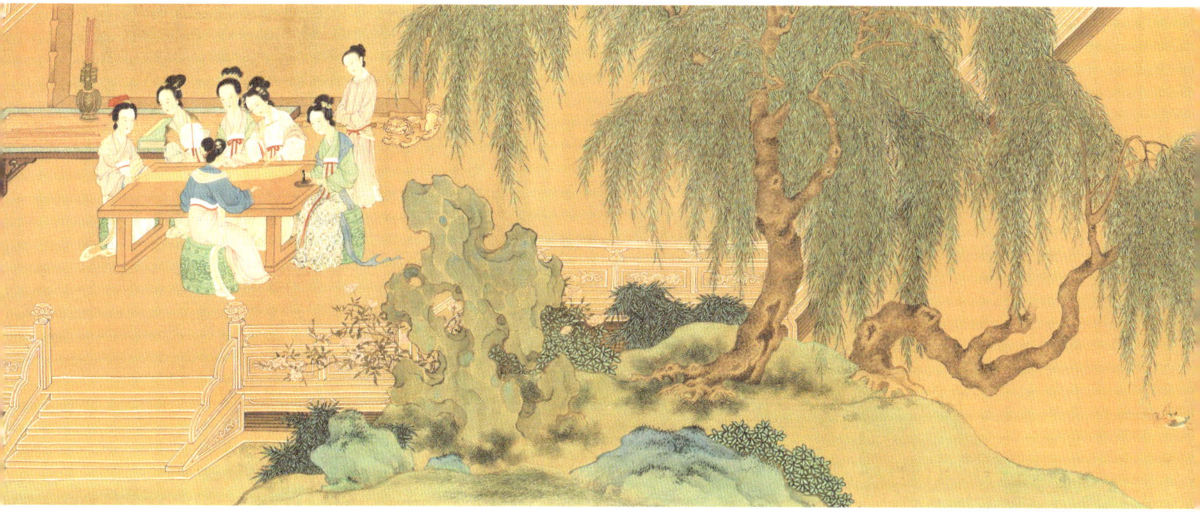

念奴娇

萧条庭院,①

又斜风细雨,②

重门须闭。

宠柳娇花寒食近,

种种恼人天气。③

险韵诗成,④

扶头酒醒,⑤

别是闲滋味。

征鸿过尽,⑥

万千心事难寄。

① 萧条:寂寞冷落。
② 斜风细雨:唐张志和《渔歌子》:"青箬笠,绿蓑衣,斜风细雨不须归。"
③ "宠柳"二句:此二句言,清明临近,柳树慢慢变绿,娇嫩的花儿即将盛放,但天气一直阴雨连绵,令人烦恼。
④ 险韵:险僻难押的诗韵。
⑤ 扶头酒:"扶头"乃指醉后之状,谓需用手扶着头。"扶头酒"指使人易醉之烈酒。
⑥ 征鸿:即征雁,可传书。

楼上几日春寒,

帘垂四面,

玉阑干慵倚。
⑦

被冷香消新梦觉,
⑧

不许愁人不起。

清露晨流,

新桐初引,
⑨

多少游春意。

日高烟敛,
⑩

更看今日晴未?
⑪

⑦ 玉阑干：栏杆的美称。
⑧ 觉：醒。
⑨ "清露"二句：《世说新语·赏誉》："(王)恭常行散至京口射堂,于时清露晨流,新桐初引。"初引：即初生、初长。
⑩ 烟敛：指云气消散。
⑪ 晴未：天气晴了没有。未,用在句末,表示询问。

点　评　这首词写闺中落寞，笔调奇俊，典雅深沉，彰显着千古才女李清照的情致与风韵。词中"宠柳娇花寒食近"一句将形容人的"宠""娇"移拟花柳，炼俗为雅，为历代人所激赏。"被冷香消新梦觉，不许愁人不起"更是被《金粟词话》评为"用浅俗之语，发清新之思，词意并工，闺情绝调。"细析之，"被冷香消"说明天气寒冷，闺房主人困倦慵懒，无心打理房间、往香炉内添香。"新梦"照应"旧梦"，惹人联想：在"新梦觉"之前，作者又做过多少梦，又多少次被惊醒呢？"不许愁人不起"以两个"不"诉说着闺房主人内心无尽的惆怅与哀伤，语虽浅俗，意却沉重。

全词从"重门须闭"写到"不许不起"，从"斜风细雨"写到天气转晴，一开一合，一阴一晴，层次井然，别具一格。

赏　析　明·杨慎：情景兼至，名媛中自中第一。二语（"被冷香消新梦觉，不许愁人不起"）绝似六朝。（《草堂诗余》）

明·李攀龙：（眉批）心事有万千，岂征鸿可寄？"新梦"不知梦何事？（评语）心事托之新梦，言有寄而情无方。玩之自有意味。上是心事，难以言传；下是新梦，可以意会。（《草堂诗余隽》）

明·沈际飞：真声也。不效颦于汉魏，不学步于盛唐，应情而发，能通于人。有首尾。"宠柳娇花"，又是易安奇句。后人窃其影，似犹惊目。（《草堂诗余正集》）

清·邹祗谟：《词品》云："填词虽于文为末，而非自选诗、乐府来，亦不能入妙。李易安词'清露晨流，新桐初引'，乃全用《世说》语。"按：词至稼轩，经子百家，行间笔下，驱斥如意。近则娄东善用南北史。江左风流，惟有安石，词家妙境，重见桃源矣。（《远志斋词衷》）

清·沈祥龙：李易安"清露晨流，新桐初引"，用《世说新语》，更觉自然。稼轩能合经史子而用之，自其才力绝人处，他人不宜轻效。（《论语随笔》）

今·唐圭璋：此首写心绪之落寞，语浅情深。"萧条"两句，言风雨闭门；"宠柳"两句，言天气恼人，四句以景起。"险韵"两句，言诗酒清遣；"征鸿"两句，言心事难寄，四句以情承。换头，写楼高寒重，玉阑懒倚。"被冷"两句,言懒起而不得不起。"不许"一句,颇婉妙。"清露"两句,用《世说》,点明外界春色,抒欲图自遣之意。末两句宕开,语似兴会,意仍伤极。盖春意虽盛,无如人心悲伤,欲游终懒,天不晴自不能游,实则即晴亦未必果游。李氏《武陵春》云"闻说双溪春尚好,也拟泛轻舟",亦与此同意;其下续云"只恐双溪舴艋舟,载不动许多愁",亦是打算一游,而终懒游也。(《唐宋词简释》)

明　唐寅　《美人春思图》

怨王孙

梦断漏悄,①

愁浓酒恼。

宝枕生寒,②

翠屏向晓。③

门外谁扫残红?④

夜来风。

玉箫声断人何处?⑤

春又去,

忍把归期负。

① 漏悄:指漏声寂静。漏,古计时器,即漏壶。
② 宝枕:枕头的美称。
③ 翠屏向晓:此句言,晨光洒在翠色的屏风上。
④ "门外"句:此句言,昨夜的风不仅吹落花瓣,还要将残红扫尽。
⑤ 玉箫声断:谓吹箫人已去,此处代指赵明诚。

此情此恨此际,

拟托行云,

问东君。⑥

⑥ 东君:春神。唐成彦雄《柳枝词》其三:"东君爱惜与先春,草泽无人处也新。"

点　评　此词写相思之情,揆诸词意,当为李清照后期作品。上片道主人公梦断清晨,此时漏壶滴答、玉枕清冷、愁正浓、酒未醒,而门外寒风凛冽,席卷残红,落寞至极。下片抒写离愁,悼念亡夫,然而"此情此恨此际"无人倾听,主人公只能"拟托行云,问东君",将相思之情托付给行云,让其代己询问春神。

"此情此恨此际,以托行云,问东君"与"千里孤坟,无处话凄凉"(苏轼《江城子》)有异曲同工之妙,词境亦与"十年生死两茫茫"(苏轼《江城子》)之哀伤极为相似,一往情深,令人动容。

赏　析　明·李攀龙：(眉批)风扫残红,何等空寂。一结无限情恨,犹有意味。(评语)写情写意,俱形容春暮时光,词意俱到。(《草堂诗余隽》)

明·董其昌：此词形容暮春,语意俱到。(《便读草堂诗余》)

明·沈际飞：通篇四换韵,有兔起鹘落之致。"春又去",接递妙。(《草堂诗余正集》)

明·李廷机：形容春暮,情词俱到。以风扫残红,妙在此句。(《草堂诗余评林》)

五代十国 徐熙 《玉堂富贵图》

长寿乐

南昌生日

微寒应候,

望日边、

六叶阶蓂初秀。①

爱景欲挂扶桑,

漏残银箭,

杓回摇斗。②

庆高闳此际,③

掌上一颗明珠剖。④

有令容淑质,

归逢佳偶。⑤

① "微寒"三句：此三句言,寿星初冬月之初六日生于帝京附近。日边：比喻京师附近。六叶阶蓂：《白虎通·符瑞篇》："蓂荚者,树名也,月一日一荚生,十五日毕。至十六日,一荚去。故夹阶而生,以明日月也。"此谓寿星生于月之初六。

② "爱景"三句：此三句言,寿星在冬日的一个黎明降世。爱景：冬日之光。扶桑：传说中的神树。漏：古计时之器,有壶盛水,有箭指时。漏残银箭：谓东方欲晓。杓回摇斗：谓斗柄北指,天下将冬。

③ 高闳：高大的门,谓门第显贵。

④ "掌上"句：以掌上明珠比喻被珍爱的女儿。

⑤ 归逢佳偶：谓嫁得良人。归：女子出嫁。

到如今,

昼锦满堂贵胄。
ⓖ

荣耀,

文步紫禁,
⑦

一一金章绿绶。
⑧

更值棠棣连阴,
⑨

虎符熊轼,
⑩

夹河分守。
⑪

况青云咫尺,
⑫

朝暮重入承明后。
⑬

看彩衣争献,

兰羞玉酎。
⑭

祝千龄,

借指松椿比寿。
⑮

⑥ 昼锦:《汉书·项籍传》:"羽见秦皆已烧残,又怀思东归,曰:'富贵不归故乡,如衣锦夜行。'"后遂以"衣锦昼行"称富贵还乡,省作"昼锦"。

⑦ 紫禁:比喻皇帝的居所,指皇宫。

⑧ 金章绿绶:谓佩以绿色绶带之金印,形容为官做宰。

⑨ 棠棣连阴:比喻兄弟相互扶持。棠棣:《毛诗·棠棣·序》:"棠棣,燕兄弟也。"后以"棠棣"代指弟兄。

⑩ 虎符:即兵符,古代调兵的信物。熊轼:状如熊形之车的前横木,多代指公卿及郡守。

⑪ 夹河分守:《汉书·杜周传》:"及久任事,历三公,而两子夹河为郡守。"此句谓寿星有两个儿子俱为郡守。

⑫ 青云咫尺:谓转眼高升,平步青云。

⑬ 承明:古代天子左右正厅称承明,因承接明堂之后,故称。

⑭ "看彩衣争献"二句:此二句言,寿星承欢膝下,子孙贤孝。彩衣:《艺文类聚》:"《列女传》曰:'老莱子孝养二亲,行年七十,婴儿自娱,著五色彩衣,尝取浆上堂,跌仆,因卧地为小儿啼,或弄乌鸟于亲侧。'"兰羞:佳肴。玉酎:美酒。

⑮ 松椿比寿:《诗·小雅·天保》:"如南山之寿,不骞不崩。如松柏之茂,无不尔或承。"《庄子·逍遥游》:"上古有大椿者,以八千岁为春,八千岁为秋。"宋晏殊《拂霓裳》:"今朝祝寿,祝寿数,比松椿。"

点　评　这首词由王仲闻从《新编通用启札截江网》中整理而出,词作者题为"易安夫人",一些学者因"未见宋人以'易安夫人'称呼李清照",将本词划为疑是李清照作。也有不少学者将本词归为李清照作品,如徐培均持本词是李清照为韩肖胄母文氏所作的观点,陈祖美将本词定为李清照南渡后作品。

这是一首祝寿词,上片主要对寿星本人进行书写,叙其温婉贤淑、家庭和美。下片从仕途和孝心两方面称赞寿星之子,结句祝寿星寿比松椿、长命百岁。全篇极尽美誉之辞,但写得委婉含蓄,用典自然贴切,若说为李清照所作,似非穿凿附会。

赏 析 今·徐北文：在艺术技巧上，该词有如下特色：

一、委婉含蓄。作者用"爱景"，暗示出生季节是冬天；用"杓回摇斗"，斗柄欲东指，进而点出出生季节是春天即将来临之时，即冬末；用"六叶阶蓂初秀"，点示出生日是在冬末月初六；用"欲挂扶桑""漏残银箭"，点出出生时辰是在太阳将出来的时候。隐而不露，耐人咀嚼。

二、比喻生动、形象。用"掌上一颗明珠"，比喻贵妇人曾备受父母钟爱；用"松椿"树龄之长，比喻贵妇人寿命之长；用"青云"比喻官位显赫。这些比喻甚为恰切、生鲜，至今仍有"掌上明珠""寿比南山不老松""青云直上"之语常为人所喜用。

三、"昼锦""金章绿绶"等典故的运用，既典雅蕴藉，又丰富了词的内涵。

明 仇英 《春游晚归图》

浪淘沙

帘外五更风，

吹梦无踪。

画楼重上与谁同？①

记得玉钗斜拨火，

宝篆成空。②

回首紫金峰，③

雨润烟浓。

一江春浪醉醒中。④

留得罗襟前日泪，

弹与征鸿。⑤

① 画楼：雕饰华丽的楼阁。
② "记得"二句：此二句言，犹记当日用玉钗拨去香灰，而今篆香已燃尽成空。拨火：篆香燃烧时会形成香灰，为避免篆香熄灭，必须拨去香灰。宝篆：熏香的美称，焚烧时香屑如篆文一般，故名。
③ 紫金峰：紫金色之山峰。
④ "一江"句：李煜《虞美人》："问君能有几多愁？恰似一江春水向东流。"
⑤ "留得"二句：此二句言，罗襦襟前还留着前日的泪水，如今只能将它们托与远飞的大雁。意谓将思念付与征鸿，希望其能带给所思之人。弹：挥洒（泪水）。征鸿：即大雁。

点　评　这首词感情真挚,低回婉转,字字啼血,具有感人肺腑的情致。词作起句机警,"帘外五更风,吹梦无踪",既将抽象的"梦"具体化,又让人联想到,在漫漫长夜中,二更、三更、四更悄然逝去,直到五更天亮,窗外寒风将梦吹散,主人公根本无从进入梦境,更无法与思念的那个人在梦中相会。

本词追忆往昔与"伊人"同上画楼、玉钗拨香的缱绻时光,画面一转,叹今日香炉已空、故人已去,只能将相思之意尽数托与征鸿。今昔对比强烈,感人至深。

赏　析　明·钱允治：此词极与后主相似。(《续选草堂诗余》)

明·卓人月：雁传书事化得新奇。(《古今词统》)

清·况周颐：《玉梅词隐》云前《孤雁儿》云："吹箫人去玉楼空，肠断与谁同倚，一枝折得，人间天上，没个人堪寄。"此阕云："画楼重上与谁同？记得玉钗斜拨火，宝篆成空。"皆悼亡词也。其清才也如彼，其深情也如此。玉台晚节之诬，忍令斯人任受耶？(《漱玉词笺》)

清 金农 《梅花图》

殢人娇

后庭梅花开有感

玉瘦香浓,
①

檀深雪散。
②

今年恨、

探梅又晚。
③

江楼楚馆,
④

云闲水远。
⑤

清昼永,

凭阑翠帘低卷。
⑥

① 玉瘦:以玉比白梅,谓梅花开始枯萎。
② 檀深:指檀香梅。范成大《范村梅谱》:"(腊梅)凡三种……最先开,色深黄,如紫檀,花密香浓,名檀香梅。此品最佳。"
③ 探梅:赏梅。
④ 江楼楚馆:本指临江之楼和楚地之馆,此处代指旅舍。
⑤ 云闲水远:谓路途遥远。
⑥ "清昼"二句:此二句言,白昼清冷漫长,只能凭栏卷弄低垂的绿色帘幕,以此消磨时光。

坐上客来,

尊前酒满。⑦

歌声共、

水流云断。

南枝可插,⑧

更须频剪,

莫直待西楼,

数声羌管。⑨

⑦ "坐上"二句:《后汉书·孔融传》:"坐上客恒满,尊中酒不空。"
⑧ 南枝:南枝向阳,梅花先开。
⑨ 羌管:即羌笛,笛曲中有梅花落,甚为凄凉,宋代咏梅词中常用之。

点　评　本词开门见山,起句云"玉瘦香浓,檀深雪散",所咏梅花如"玉瘦檀清无限恨"(《临江仙·庭院深深深几许》)、"梅花鬓上残"(《菩萨蛮·风柔日薄春犹早》)一般,皆清瘦疏淡、胜在神韵。下文道白昼清冷,主人公凭栏卷弄着低垂的绿色帘幕,舒缓静谧。过片言朋友相聚、把酒言欢,歌声上遏白云、下断流水,画面富有动态感,与上文的静谧形成对比,妙趣横生。

此词以"南枝可插,更须频剪。莫直待西楼,数声羌管"作结,暗合"花开堪折直须折,莫待无花空折枝"之意,感叹韶华易逝、容颜易老,认为应当珍视时光,开怀畅饮。

赏 析 今·徐北文:《花草粹编》收录的李清照《嚬(tì)人娇》词,题作《后庭梅花开有感》,点出了此词的写作时节及意旨。

开头,作者从视觉和味觉上描写后庭梅花的景象。女主人是喜欢梅花的,平时,往往从早春就观察梅花的微妙变化。易安词云:"暖雨晴风初破冻,柳眼梅腮,已觉春心动"(《蝶恋花》)、"柳梢梅萼渐分明"(《临江仙》),都说明了这一点。可是今年却到"玉瘦"时才"探梅",觉得为时太"晚",悔恨莫及了。"又"字说明这已不是一年了。

次四句,写女主人在"江楼楚馆",凭阑赏花。她整日"翠帘低卷",是否倚"栏"凝望心上人的回归?

下片,接写与友朋持酒听歌,共赏梅花之乐。由宾客的饮酒唱歌,转写到梅花上来。向阳梅枝上的梅花先放,可以"插"戴,更要多次剪下把玩。结句,意味深长。不要一直等到西楼上吹奏出"梅花落"的哀怨曲调,再去赏梅、簪梅,那就晚了。颇有"花开堪折直须折,莫等无花空折枝"(唐·杜秋娘《金缕曲》)之意。

此词虽然被王仲闻《校注》列入易安存疑词作,但颇有易安咏梅词之风格。惟"坐上客来,尊前酒满"之运典二句,似是男子口气,易使读者生疑。

明　陈焕　《枫野春雨图》

浣溪沙

髻子伤春慵更梳,

晚风庭院落梅初,①

淡云来往月疏疏。

玉鸭熏炉闲瑞脑,②

朱樱斗帐掩流苏,③　④

遗犀还解辟寒无。⑤

① 落梅初:指暮春,梅花农历三月开花,开后不久即落。
② "玉鸭"句:此句言,鸭形的香炉中,龙脑香闲置未燃。玉鸭熏炉:形似鸭之香炉。瑞脑:即龙脑,香料名,今称冰片。
③ 朱樱:即深红色。《唐本草》云樱桃"熟时深红者谓之朱樱"。斗帐:形如覆斗之小帐。
④ 流苏:用羽毛或丝线编制的排穗,列于帷帐上沿进行装饰。
⑤ "遗犀"句:指在帷帐四角挂上犀牛角,使帷帐不因风而动,且有辟寒意。《开元天宝遗事》卷上:"开元二年冬至,交趾国进犀一株,色黄如金。使者请以金盘置于殿中,温温然有暖气袭人。上问其故,使者对曰:'此辟寒犀也。顷自隋文帝时,本国曾进一株,直至今日。'"

点　评　本词抒写闺情,语言清丽,音律和谐,读来幽婉缠绵。上片由庭院风景入手,述晚风习习、落梅纷飞,绘浮云飘荡、月影疏疏,而此时的女主人公正春愁满怀,似乎昨夜未眠,直到今日晚上才起床,连头发都懒得梳。过片转入对主人公闺房的描写,房间里鸭形的香炉中放置着龙脑香,深红色的帷帐上挂着流苏和犀牛角。一切都显得那么玲珑精巧,但女主人公心情不佳、无心打理,连名贵的龙脑香都懒得熏,任其闲置炉中。

结句沉着,以女子的视角问镇帷犀:往昔你为我和夫君抵御严寒,而今伊人远去,你还会为形单影只的我辟寒吗?进一步刻画了女主人公多愁善感的性格,未着"愁"字,愁态毕现。

赏　析　清·谭献：易安居士独此篇有唐调。选家炉冶，遂标此奇。(《复堂词话》)

今·徐北文：易安词意是婉约含蓄的，有时用环境描写暗示给我们。此词在内容上、风格上受唐代一些词的影响是很深的。南唐·张泌《浣溪沙》："翡翠屏开绣幄红，谢娥无力晓妆慵。锦帏鸳被宿香浓。微雨小庭春寂寞，燕飞莺语隔帘栊。杏花凝恨倚东风。"此词中作者选取的典型形象如"绣幄""晓妆慵""小庭""杏花""春寂寞"，与易安词中的"斗帐""髻子""懒更梳""庭院""落梅""伤春"，基本相同。内容风格颇似。这样的例子在《花间集》中并不少见。清·谭仲修云："易安居士独此篇有唐韵"(《复堂词话》)，我以为不尽如此。不同感受通过基本相同的典型形象加以表现，因此形成了各自独具特色的意境。多感"，犹少此"难拚舍"三字。元人乐府率以"也"字叶成妙句，殆祖此。(《草堂诗余正集》)

明 陆粲 《云华惜花图》

青玉案

一年春事都来几?
①

早过了三之二。
　　　②

绿暗红嫣浑可事,
　③　　　④

垂杨庭院,

暖风帘幕,

有个人憔悴。
⑤

买花载酒长安市,
　　　　⑥

又争似家山见桃李。
　⑦

不枉东风吹客泪,
⑧

① 都来:算来,唐宋人诗词中常用语。唐罗隐《送顾云下第》:"百岁都来多几日。"
② 三之二:三分之二,宋时方言,山东章丘至今仍沿用。
③ 绿暗红嫣:唐韩琮《暮春浐水送别》:"绿暗红稀出凤城"。嫣:通"蔫",指花草枯萎,颜色不鲜艳。李贺《牡丹种曲》:"归霞帔拖蜀帐昏,嫣红落粉罢承恩。"
④ 可事:小事,宋时方言。
⑤ 个人:谓那人。
⑥ 长安:代指北宋都城汴京。
⑦ 争似:怎似。家山:谓故乡。
⑧ 不枉:不要冤枉,不要怪罪。

相思难表，

梦魂无据，

唯有归来是。
⑨

⑨ "唯有"句：李清照《金石录后序》："后屏居乡里十年……每饭罢，坐归来堂烹茶，指堆积书史，言某事在某书某卷第几页第几行，以中否角胜负，为饮茶先后。中即举茶大笑，至茶倾覆怀中，反不得饮而起。甘心老是乡矣。"归来之乐如此，此句劝离人归乡。

点　评　这首词抒春愁、思离人、盼归乡，若为李清照作品，当是大观二年（1108）所作。上片言春光将去，红衰翠减，而自己也心绪憔悴。下片怀人，道京城虽繁花似锦，终究不是故乡，劝其早日归家，颇合"锦城虽云乐，不如早还家"（李白《蜀道难》）之意。全词心与物融，情与景合，深曲婉转，扣人心弦。

赏　析　明·沈际飞："问向前，尚有几多春？三之一。""有个人憔悴"下文都在此句生出。煞落。(《草堂诗余正集》)

清·黄蓼园：此词不过有不得已心事，而托之思妇耳。"一年"二句，言年光已去也。"绿暗"四句言时，芳菲不可玩，而自己心绪憔悴也。所以憔悴，以不见家山桃李，苦欲思归耳。大意如此。但永叔未必迫于思归者，亦有所不得已者在耶，当于言外领之。(《蓼园词选》)